每个人都是一本打开的书

肖复兴

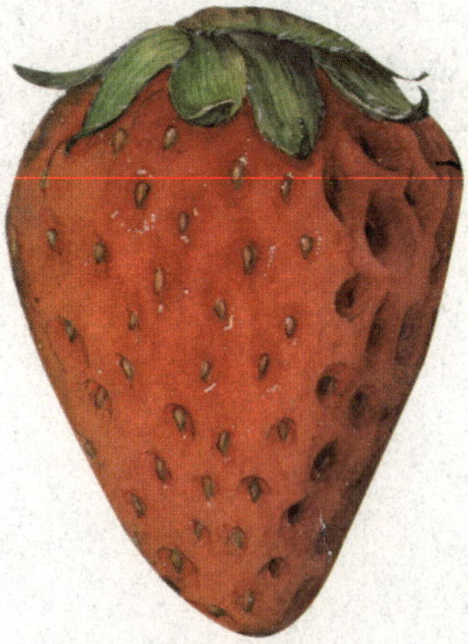

名师导读美绘版

肖复兴 著

独草莓

石煮 导读

长江出版传媒
长江文艺出版社

图书在版编目（CIP）数据

独草莓 / 肖复兴著. -- 武汉：长江文艺出版社，2018.9
（暖心美读书：名师导读美绘版）

ISBN 978-7-5702-0368-0

Ⅰ.①独… Ⅱ.①肖… Ⅲ.①散文集－中国－当代 Ⅳ.①I267

中国版本图书馆 CIP 数据核字(2018)第 082858 号

责任编辑：李 艳　　　　　　　　责任校对：陈 琪
整体设计：一壹图书　　　　　　　责任印制：邱 莉　杨 帆

出版：长江出版传媒　长江文艺出版社
地址：武汉市雄楚大街 268 号　　　邮编：430070
发行：长江文艺出版社
电话：027—87679360
http://www.cjlap.com
印刷：湖北新华印务有限公司

开本：720 毫米×1020 毫米　　1/16　　印张：12.5
版次：2018 年 9 月第 1 版　　　2018 年 9 月第 1 次印刷
字数：108 千字

定价：27.00 元

版权所有，盗版必究（举报电话：027—87679308　87679310）
（图书出现印装问题，本社负责调换）

暖心美读书（名师导读美绘版）
高端选编委员会

（以年岁为序）

谢　冕　著名文学评论家，北京大学中文系教授

周国平　著名哲学家、作家，中国社会科学院哲学研究所研究员

王泉根　著名文学评论家，北京师范大学中文系教授，中国作家协会儿童文学委员会副主任

曹文轩　著名作家，北京大学中文系教授，北京作家协会副主席

朱永新　著名教育家，苏州大学教授，中国民主促进会中央委员会副主席

相信精神，相信文学的力量

——《暖心美读书》（名师导读美绘版）总序

王泉根

阅读决定高度，精神升华成长。

阅读是生命的重要组成部分。人生的阅读史就是给生命打底的历史、精神发展的历史。在今天这个网络阅读、手机阅读、图画阅读已经成风的多媒体时代，图书阅读依然显得十分重要，静静地捧读书本的姿态，依然是一种最迷人、最值得赞美的姿态。

少年儿童的精神生命如同夏花般蓬勃开放生长。认知、想象、情感、道德、审美、智慧，是给少年儿童精神生命打底的重要内容，也是阅读的重要内容。从优美的、诗意的、感动我们心灵的文学经典名著中，感悟道德的力量、审美的力量、艺术的力量、语言的力量，保卫想象力，巩固记忆力，滋养我们精神生命的成长，这是文学阅读的应有之理，应获之果。

长江文艺出版社奉献给广大小读者、同时也适合大读者阅读的这一套文学精品书系，我更愿意把它作为"经典"来解读。

界定"经典"是难的，如同"美是难的"一样。我曾在一篇文章中，对"文学经典"作过如下表述："所谓文学经典，就是那些打败了时间的文字、声音、表情，那些影响我们塑造人生，增加底气，从而改变我们精神高度的东西。"显然，文学经典是可以装上我们远行的背囊，陪伴我们一生的。因为，人的一生，在任何年龄，任何时空，都需要增加底气，增加精神的高度，这样的人生才不会在时间的潮汐中虚度遗恨。

经典阅读既是高雅的阅读行为与文学享受，但同时也是一种人文素养的养成性教育。对于一个正在发育和成长中的少年儿童，单有学校的教材教育是远远不够的。成长中的少年儿童，正处于"多梦的年代"，也处于"多思的年代"，他们正在逐步形成独立思维和个体情感，对自己所处的环境和未来发展需要有客观的认识与准备，需要养成积极乐观的人生态度、抗拒挫折的意志和能力，当他们今后走上社会与职场，独立面对自己的现实，独立承受自己的未来时，才不会茫然失措、无从应对。而这些精神"维生素"与人生智慧，往往深藏在经典名著之中。因而经典可以使人终身受益，在人的一生中发挥潜移默化的精神灯火作用。

长江文艺出版社奉献给广大读者朋友的这一套《暖心美读书》（名师导读美绘版），从文学史、精神史、阅读史的维度，萃取百年中外文学经典名著于一体，立足于少年儿童的阅读接受心理与精神追求，邀请名师进行导读，邀请画师配以美绘，从选文内容、文学品质、文体类型、装帧设计、图文配制等各个环节，都做到了目前能做到的"最高"功夫，可以说这是一套为新世纪的读者特别是广大少儿读者"量身定做"的文学精粹。

耶鲁学派的代表人物布鲁姆说："没有经典，我们就会停止思考。"经典的永恒价值在于凝聚起现实与历史、人生与人心、上代与下代之间向上向善向美的力量！

有一种力量，让成长充满审美。有一种力量，让青春刚柔并济。有一种力量，让梦想不再遥远。有一种力量，让未来收获吉祥。幻想激活世界，文学托举梦想。相信阅读，相信精神，相信文学的力量。

2017 年 2 月 9 日于北京师范大学文学院

这样阅读才有效
——《独草莓》导读
石焘

肖复兴这三个字，相信对于中小学生来说一定不会陌生。且不说他的《那片绿绿的爬山虎》已经成为家喻户晓的经典课文，平时报刊散见，在阅读试题中也多次相见。这本《独草莓》是肖复兴先生的又一本散文集，全书共由四部分组成，第一辑《那片绿绿的爬山虎》写的是对校园和老师的回忆；第二辑《喝得很慢很慢的土豆汤》写的是生活中或是让人温馨或是发人深省的小故事；第三辑《手的变奏》通过写生活中的现象来讲述人生哲理，启人心智；第四辑《佛手之香》通过一个个故事、一个个细节书写对母亲的深切怀念。全书内容丰富，语言清新，读后犹如阵阵春风扑面吹来，让人陶醉不已。

肖复兴先生本人曾经做过近十年的语文老师，很多时候他文章的隐含读者就是中小学生。他的文章讲究章法，别具一格，我们在阅读这些散文的时候不能像一般的读者那样只是看看故事就过去了，很多文章我们应该细读，深读，反复读，只有这样我们才能读出文章的奥妙，才能从根本上提升自己的阅读水平甚至写作能力。

基于提升阅读和写作能力的读书，我提几点建议，请同学们在读书的时候用心去体会。

一、学会观察。有的时候我们以为读书就是积累好词好句，而所谓的好词好句我们又以为就是那些在文章开头或是结尾满富深情的语言，而对文章中具体故事的叙述、具体场景的描绘、具体细节的刻画我们却不太在意。这种做法实在是有点本末倒置。其实，文章中只有有了具体的细节和生动的场景，那些好词好句才有了着落和依靠,不然它们只能是一堆空洞的华丽辞藻。如何才能在文章中写出具体的内容呢?用心观察很重要!我们又如何才能学会观察呢?肖复兴在《观察的乐趣》一文中曾说过:"学习观察,方法有二,一是凭自己的能力,用自己的眼睛,从点滴入手,从自己周围开始,锻炼观察生活的本事。二是借助别人,学习别人,看人家是如何从生活中观察到有趣的东西,并把它再现在纸面上的。"

《独草莓》中的很多散文就生动地展现了作者用心观察并把它写成文字的例子。如《母亲的月饼》一文,写的是作者小时候中秋节吃月饼的事情,文章细致刻画了当时母亲亲手制作月饼的细节,如今母亲去世多年,文中表达了对母亲的追忆,也抒发了对岁月流逝的感叹。作者在描述母亲做月饼时这样写道:"母亲先剥好了瓜子、花生和核桃仁,掺上桂花和擀面杖棍擀碎的冰糖渣儿,撒上青丝红丝,再浇上香油,拌上点儿湿面粉,切成一小方块一小方块的,便是月饼馅了。然后,母亲用香油和面,用擀面棍擀成圆圆的小薄饼,包上馅,再在中间点上小红点儿,就开始上锅了。"作者对母亲做月饼的过程观察得非常认真,描写得也十分细致,正是有了这样细致入微的观察和生动的描写,作者在结尾的感叹"都说岁月流失,其实,流失的岂止是岁月"才有了支撑和依托,也才能够感动读者。

再如《酸菜》一文,表达的也是对母亲不尽的思念,不过这篇文章是通过写再也吃不到母亲亲手渍的酸菜来表达的。在文章的主体部分,可以看出作者对母亲当年渍酸菜的经过观察得非常仔细。"母亲先把缸里缸外擦得干干净净,然后烧一锅滚开的水,把一棵白菜一刀切开四瓣,扔进锅里一渍,捞将出来,等它凉后码放在缸里一层一层撒上盐,再浇上一圈花椒水。"这样细微的观察,再现了母亲当年渍酸菜的经过,而如今再也见不到这样的场面了,使得作者对母亲的思念之情不是空洞的表达,而是有了具体内容作支撑。

我们在阅读文章时见到类似的语言,不要轻易放过,要用心去体会,并想想自己在生活中有没有见到过相同的场景,并及时记录下来,不断积累,不断锻炼自己用心观察的能力，等到我们写作要表达情感的时候，就不再是空洞的抒发，而是有了充实而具体的内容，从而我们的文章也会产生震撼人心的力量。

二、发现主旨。主旨是文章的灵魂，它往往是一种情感，或是一种思想。主旨也是文章的立意，立意高，往往文章的价值也高。好的主旨不是外在的技术活，而是作者的精神世界、人格修养的自然流露。

这本书中有很多文章的立意，让人读后久久回味，就像一曲动听的音乐，不绝于耳，余音绕梁。《青木瓜之味》写的是作者去邮局寄信，突然被一个年轻的女子叫住，原来是一位读者认出了作者肖复兴先生，于是就和他攀谈起来，作者了解到，这位年轻的女子因为没有考上大学，现在来北京打工，她读中学的时候曾经读过肖复兴的文章，很喜欢，肖复兴先生被这位女子的热情所打动，就把地址写给她并告诉她有空来家里坐坐。到家后，哪知家人很是担惊受怕，甚至担心那女子是个骗子，全家一连多天都提心吊胆。将近一年过去了，作者一家从外地回来，在楼门口收到了一个包裹，打开一看，是两个青木瓜，旁边还有一张小纸条，大意是，我是那天在邮局和你相遇的那个人，工作太忙一直没有时间来看你，送你两个家里种的木瓜。落款没有名字，只是写着：一个你的读者。全家人见状，都惊呆了。这是一种不掺杂任何杂质的情谊，在这个纷纷扰扰，各种骗局横行天下的世界，一个陌生的读者送来了两个木瓜，不仅使这一家人感受到温暖，读者的心中也会生出阵阵暖意。这就是文章的主旨所能打动人心之处。

三、品味语言。无论阅读还是写作，我们依靠的都是语言。读书就要用心发现精彩的语言，反复揣摩，为我所用。写作就要尽力写出好的语言，去感染读者。肖复兴在《好的语言》的开篇就写道："好的语言，不尽是词语的堆砌，而是真情的抒发，是细心的捕捉，是别出心裁的描述，讲究的是平易字词和句子，对司空见惯事物与情感的新鲜活泼的表达。"读《独草莓》一书，我时常被肖复兴先生精彩的语言所折服所震撼。如《花边饺》一文写饺子下锅后"如一尾小银鱼在翻滚的水花中上下翻腾，充满生趣"。他把开水中的饺子比喻成小银鱼，不仅生动地表现出了饺子在水中的样子，更写出了当时欢快的气氛。《白发苍苍》一文写第一次进电影院的感受，"电影一开始，身后放映室的小方洞里射出一道白光，从我的肩头擦过，像一道无声的瀑布"，他把那道光线比喻成"瀑布"，如此生动的比喻，绝不是词语的堆砌，而是真情的抒发。《五月的鲜花》一文，他写阎述诗老师的头发"永远梳理得一丝不乱，似乎冬天的大风也难在他的头发上留下痕迹，他讲课的声音十分动听，像音乐在流淌；板书及其整洁，一个黑板让他写得井然有序，像布局得当的一幅书法、一盘围棋。"两个比喻句就把老师讲课声音的动听和板书的整洁淋漓尽致地表现出来了。精彩的语言不是华丽的辞藻，不是四字成语，而是一种饱含情感的独特表达，具有打动人心的力量。

  我们在读书的时候如果能留意这些语言，反复揣摩，反复朗读，直至背诵下来，积以时日，在写作的时候就可以创造出自己精彩的语言了。

  读书的方法肯定不是一成不变的，每个人都可以有自己的方法，坚持下来，才能形成能力。

2018年2月于北京市楼梓庄中学

目录 CONTENTS

「第一辑 那片绿绿的爬山虎」

- 002 那片绿绿的爬山虎
- 007 四年级的小姑娘
- 014 小学女同学的名字
- 020 发小儿
- 024 被雨打湿的杜甫
- 029 先生教我抛物线
- 035 五月的鲜花
- 038 花间补读未完书
- 045 花荫凉儿
- 048 白发苍苍
- 051 永远的校园
- 055 校园记忆

「第二辑 喝得很慢的土豆汤」

- 060 阳光的三种用法
- 064 四块玉和三转桥
- 071 大年夜
- 075 青木瓜之味
- 081 喝得很慢的土豆汤
- 089 重回土城公园
- 093 贝壳
- 098 面包房
- 101 独草莓

目录 CONTENTS

「第三辑 手的变奏」

- 106 手的变奏
- 109 城市的雪
- 113 超重
- 116 风中华尔兹
- 119 曲线是上帝的
- 121 萤火虫
- 126 生命的平衡
- 131 宽容是一种爱
- 134 学会感恩
- 139 孤独的普希金

「第四辑 佛手之香」

- 146 母亲
- 150 荔枝
- 154 苦瓜
- 157 酸菜
- 160 母亲的月饼
- 163 窗前的母亲
- 166 花边饺
- 170 豆包儿
- 173 剪纸
- 176 母亲和莫扎特
- 179 生命不仅属于自己

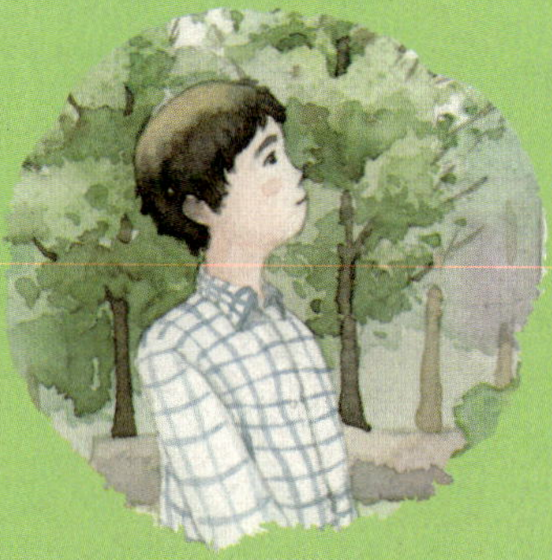

第一辑　那片绿绿的爬山虎

校园记忆

漫长人生中，存在自己心里的记忆会有很多。不知别人如何，我最美好最难忘的记忆，在校园。

2006年的春天，我第一次来到芝加哥的校园。那时，儿子在这所大学读博。十年过去了，多次来美国，只要是在芝加哥入境，我都要到芝加哥大学的校园里转转，尽管儿子早已经毕业，不在这里了。

我很喜欢在校园里走走，尤其是在美国大学的校园里。我们国内的大学，其实也有很不错的校园，比如北大、武大、厦大，但是，不知怎么搞的，最近这几年那里一下子人流如潮，爆满得如同集市。或许是大学扩招之后的缘故，或许是家长和孩子对好大学的渴望，参观校园成为一种时尚。再有，和美国大学的校园不同，我们的大学都有院墙，挡住了人们随意进出的路，有些不大方便。想想，自儿子从北大毕业，我已经有十四年没有去北大的校园了。去年樱花开放的时候，我去了武大一次，校园里，人群如蚁，人头攒动，感觉人比樱花还要多，没有了校园里独有的幽静，漫步让位给了拥挤，花香败阵于尘嚣。

来芝加哥大学，有时候是白天，有时候是晚上。无论什么时候，这里的校园人并不多，抱着书本或电脑疾步匆匆的，大多是学生；举着相机拍照的，大多是外地的游客；嗓门儿亮亮呼朋引伴的，大多和我一样是来自国内的同胞。即便是这样的嗓门儿，在偌大的校园里，很快就被稀释了，校园就像一块吸水的海绵，包容性极强。它容得下来自世界各地的莘莘学子，也容得下来自世界各地的如我一样的过客。

夏天的芝加哥，感觉比北京似乎都要热，但只要走进校园，尤其是树荫下，一下子就凉爽了许多。有时候，我会到图书馆，或到学生的活动中心，或到展品极其丰富的西亚博物馆，那里的空调，又过于凉快了，需要多带一件外套。在美国大学里，学生的活动中心，是特别的建筑，一般都会十分轩豁和讲究，仿佛它是大学的一个窗口。芝加哥大学的学生活动中心是一幢古色古香的大楼，楼上楼下有很多房间，房间里有沙发和座椅，学生可以在那里学习休息，也可以在那里的餐厅用餐。那里的餐厅，宽敞而高大，彩色的玻璃窗，圆圆的拱顶，都会让人觉得实在太像教堂。那里的饭菜要照顾不同国家学生的口味，有西餐，也有墨西哥和印度饭菜，没有中餐，印度菜中的咖喱鸡可以代替。

活动中心后面是一座小花园，有一个下沉式的小广场，还有一个小池塘，夏天的水面绣满斑斓的浮萍，开着几朵睡莲，像一幅莫

奈的画。最漂亮的是它的一排花窗，夏天爬墙虎会沿着窗沿爬满，殷勤地为每一扇窗镶嵌上绿花边。我常坐在窗前的椅子上胡思乱想，偶尔也为窗子和爬墙虎画画，有时窗下会停几辆学生的自行车，有的车没有放稳倒下了，能感觉那个学生的匆忙和粗心，成为画面里生动的点缀。

　　冬天的芝加哥，肯定比北京冷。芝加哥号称风城，频频的大风一刮，路旁的枯树枝像醉汉一样摇晃，真的寒风刺骨。但是，大雪中的校园很漂亮。甬道上，楼顶上，树枝上，覆盖着皑皑白雪，校园如同一个童话的世界。校园里有好几座教堂，我特别喜欢走到校园的一座教堂前，教堂全部都是用红石头垒砌，我管它叫做红教堂。在白雪的映衬下，红教堂红得如同一朵盛开的红莲。

　　我还喜欢到校园北边和东边去，北边有一个叫做华盛顿的公园，树木茂密，游人很少，很幽静。离公园不远一片深棕色的楼房里，奥巴马就曾经住在那里。那年，奥巴马当选美国总统的时候，芝加哥大学不少学生围在这里狂欢。东边紧靠着密西根湖，湖边是一片开阔的沙滩。春天可以到那里放风筝，夏天可以到那里游泳。蔚蓝的湖水，像是芝加哥大学明亮的眼睛。

　　有时候，我会到校园里的书店转转。有一个叫做鲍威尔的二手书店,店不大,书架林立,有点儿密不透风,但分类明显,很好挑书。这里的书大多是从芝加哥大学教授那里收购的,各个专业方面的学术类的书籍。他们淘汰的书,像流水一样循环到了这里,成为学生们最好的选择。那些书上有老师留下的印记,可以触摸到老师学术的轨迹,读来别有一番味道和情感。

今年的春天,我在芝加哥乘飞机回国,专门提前一天到的芝加哥,为的就是到那里的校园转转。两年未到,校园里有一些变化,体育场和体育馆在维修,连接老图书馆的新馆建成了,阳光玻璃房,冬阳下,在那里读书会很舒服,书上会有阳光的跳跃。过活动中心,马路的斜对面,一幢老楼完全装饰一新,是神学院。

大概是周末的缘故,里面的人不多,教室和会议室里静悄悄的,神祇不知藏在哪里。最漂亮的是廊墙上的浮雕和窗上的彩色玻璃,每一座浮雕,每一扇窗子,都不尽相同,古色古香,静穆安详,让人想起遥远的过去。

美国著名建筑家莱特设计的罗比住宅的旁边,新开张一家法国咖啡馆,名字叫做"味道"。我进去喝了一杯法式咖啡,喝惯美式咖啡,会觉得那里的杯子太小,但里面的人却很多,每个人都守着一杯那么小的咖啡,意不在喝。坐在我旁边的一位美国学生,手里拿着一摞打印好的材料在学,我瞄了一眼,是资治通鉴的中文注释。窗外对面坐着一对墨西哥的男女学生,不知在热烈交谈什么。外面有很

多木桌木椅，夏天，一定会坐满人，校园多了一道风景。

当然，我又去了一趟美术馆。这里是我每次来这里的节目单上必不可少的保留节目。芝加哥大学的美术馆可谓袖珍，但藏品丰富，展览别致。这次来，赶上一个叫做"记忆"的特展。几位来自芝加哥的画家，展出自己的油画和雕塑作品之外，在展室中心别出心裁地摆上一张桌子和一把椅子，桌上放着一个本子，让参观者在上面写上或画上属于自己的一份记忆。然后，将这个本子收藏并印成书，成为今天展览"记忆"的记忆。

这是一个有创意的构想，让展览不仅属于画家，也属于参观者。互动中，让画家的画流动起来，也让彼此的记忆流动起来。我在本上画了刚才路过图书馆时看到的甬道上那个花坛和花坛上的座钟。它的对面是活动中心，它的旁边是春天一排树萌发新绿的枝条。我画了一个人在它旁边走过。那个人，既是曾经在这里求学的儿子，也是我。然后，我在画上写上"芝加哥大学的记忆"。那既是儿子的记忆，也是我的记忆。

永远的校园

我离开校园的时间已经很长了。我是 1982 年大学毕业，留校教了 3 年的书，而后自以为是要闯荡更广阔的生活，那样毅然离开校园的，算算至今已有 14 个年头了。在我 52 岁的人生中，我上了 16 年的学，当了大、中、小学的老师 10 年，一共 26 年，校园生活占去一半还要多一点。可见，校园刻印在我的生命里，而我却离开了它。我常想起校园，常责备自己当初那样的选择是不是对校园的一种背叛？

我是恢复高考制度后的第一批大学生。1978 年的冬天，我到中央戏剧学院报到，是"二进宫"，因为在 1966 年时就考入了这所学院，"文革"爆发了，我和它阔别了 12 年，也和校园阔别了 12 年。当我重新回到校园时，已经 31 岁了，虽然有些苍老，但感觉还是那样年轻，这种感觉来自我自己，也来自校园。我总想起报到的那一年冬天，躺在宿舍的二层铺上睡不着觉时，听窗外白杨树被寒风吹得萧瑟的

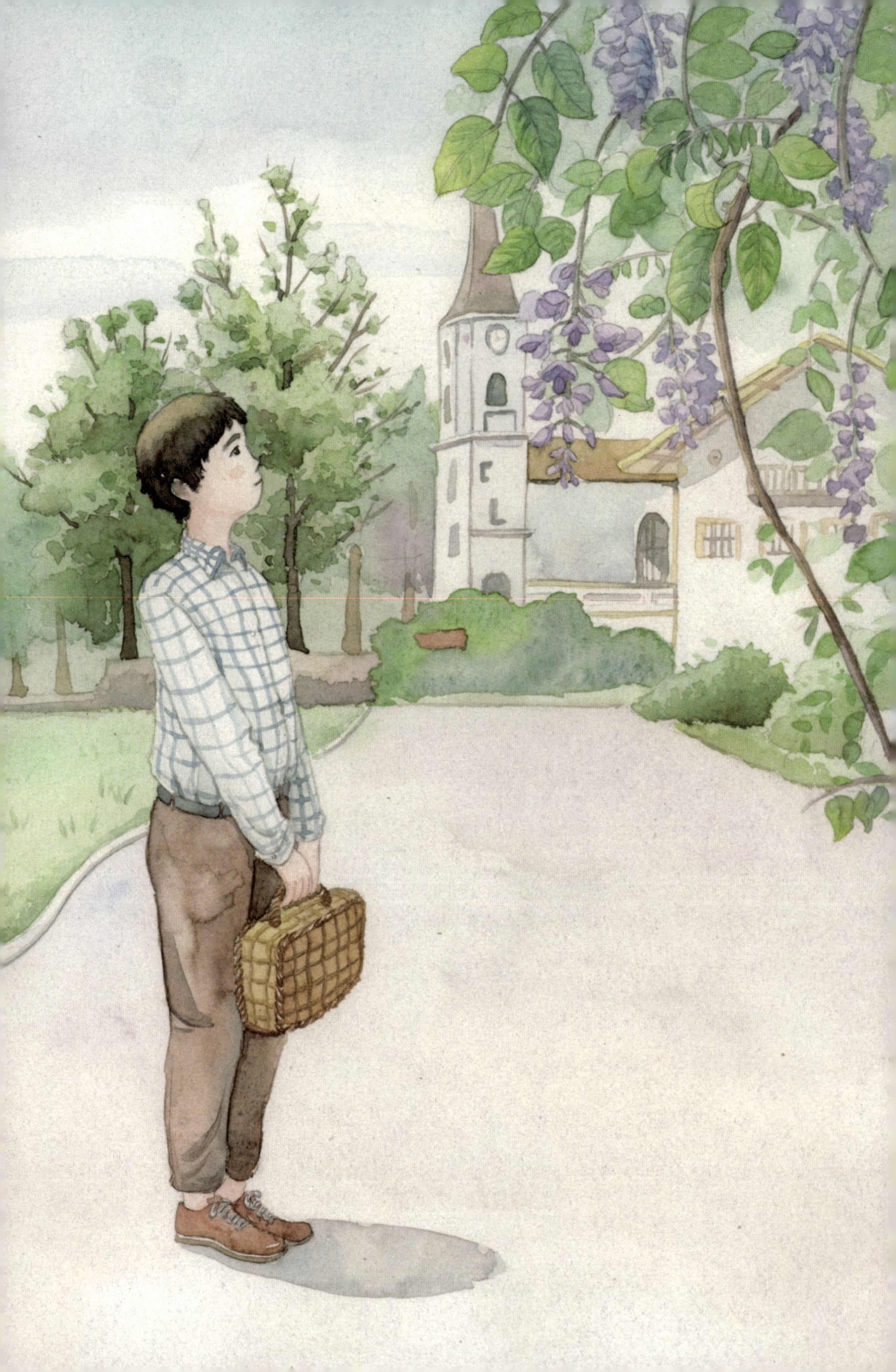

声音；我总想起第二年的春天，一眼望见校园里的藤萝架缀满紫嘟嘟的花瓣的情景。我第一次走进这所校园参加考试，就是先看见这一架紫嘟嘟花瓣的藤萝的，那时我才19岁。重现的旧景旧情，往往能使人产生幻想，以为自己和校园都依然像以往一样年轻。实际上，我和校园都已经青春不再了。尤其是逝去的岁月并不是在校园里流淌，而是渗进荒芜的北大荒的黑土地上，校园里没有留下我的足迹，校园只给予我一个伤痛的符号。

那时候，我才真正地对校园产生一种珍惜之情。校园对于一个人的青春是何等的重要，是任何别的地方别的事物都无法取代、无可比拟的。如果说青春是一条河，那么，这条河流淌过的树木芬芳、草丛湿润的两岸，应该大部分属于校园。在我31岁青春只剩下个尾巴的时候，失去了校园12年之久，我才体味出校园对于一个人生命的意义。就像一位诗人曾经说过的：失去的才懂得珍惜，拥有的总不在乎。

记得刚刚入学的时候，无论在校园内还是在校园外，我总要把学院的那枚白底红字的学

生校徽戴在胸前。其实，按照我的年龄应该戴老师的那种红徽章才是，戴这种白校徽和年龄不相符合，颇有些范进中举式的可笑。但我还是戴了好些日子，它让我产生对校园的亲切感，也让人知道我和校园是同在一起的自豪感。

如果问我这一辈子什么最让我留恋？那就是校园。离开校园之后，这种感情与日俱增。在以后的日子里，偶然之间，我也曾到过一些大学，或者说大学闯入了我的生活，更让我涌出一种故友重逢、他乡遇故知的感觉。其中最让我难忘的有两次，一次是到厦门大学，一次是在天津大学。

我的一个学生在厦门大学读书，她陪我参观了整个校园，鲁迅先生的雕像，陈嘉庚先生资助建造的体育场、教学楼、实验楼……到处是年轻学生青春洋溢的脸，到处是南方特有的高大葳蕤的树，到处是亚热带的奇异芬芳的花。青春时节像是一只鸟或是一粒种子，能够在这样的环境里飞翔或种植，该是多么美好和适得其所。

她带我推开礼堂的大门，偌大的礼堂空荡荡的、静悄悄的，只有台上亮着灯，几个老师和学生在布置着舞台，大概晚上要有演出。这种安谧的气氛、空旷的空间，以及几粒橘黄色的灯光童话般地闪烁，没有喧嚣、没有纷扰……只有门外蓝得像水洗了一般的高远浩渺的天空，还有那流动着的湿润、带着树木的清香，弥漫在身旁。这些，都是只在校园里才会拥有的境界。只有在这里，一切才变得如此清新，心情才得以超凡脱俗的净化。若能够在这里再读几年书，该是多么好啊！青春的血液该像是过滤透析一样，清水般的清澈。那一刻,时光倒流,我像又回到了学生时代。

那次我到天津人民广播电台播送我的一部长篇小说，那么巧，电台的朋友把我安排在天津大学校园住。我住进去时已是夜晚，四周被浓郁的树木包围着，林间有清脆的鸟鸣，不远处有明亮的灯光，间或能碰见几个正高谈阔论而迟归的学生，空气中没有那种在别处常有的煤烟味和烧菜的油烟味，只有弥漫着的淡淡的花香和潮湿的泥土的土腥味道。我知道这是只有校园才会喷发的气息，它让我感到熟悉，感到亲切，它和别处不一样，它有的只是这样的清淡和清新。

第二天清早，我漫步在校园的甬道上，一直走到主楼前的飞珠跳玉般的喷水池旁，我更体会到只有校园才会拥有的独一无二的氛围。看着那么多年轻的学生，或捧着书在读，或拿着饭盒急匆匆地在走，或抱着球风一样在跑，身影消失在操场上、饭厅里和绿荫蒙蒙的树丛里、晨雾里，

我很羡慕他们。我想，如果能让我重返校园，无论是读书还是教书，我一定会比以前更珍惜、更认真。我当时真的这样想：还有什么地方能比得上校园更美好，更让人感动呢？也许是走过了一些别的地方，看到了一些不愿意见到的事物，才对校园别有一番情感？也许校园本身是相对纯净一些而让人产生一种世外桃源的错觉吧？同时，我也想：青春真是一刹那，稍纵即逝。我眼前的这些可爱的学生一般只能在校园里待 4 年，即使读硕士、博士，也就 7 年或 10 年，他们很快就得离开校园，都要和我一样迅速被这个强悍的外部世界同化而变老。那次，我在天津大学住了十多天，一直到把那部长篇小说录音完。十几个清晨和夜晚，我都在校园和学生在一起，便也和校园外的喧嚣隔绝了十几天，感受到久违的青春气息，虽然有些伤感和惆怅，但美好难再。后来，我把这部长篇小说的名字叫做《青春梦幻曲》。

　　去年，我的儿子被保送到北京大学，学校要家长直接递送保送的表格，我第一次走进这个校园。未名湖、三角地、五四运动场、新建的图书馆……我都是第一次见到，却让我感到是那样的熟悉，仿佛以前在哪里见过。我知道是校园才会让我涌出这种感觉和感情。绿树红楼、蓝天白云、微风荡漾的湖水、曲径通幽的甬道……还有那些虽不如街头纷至沓来的年轻人衣着时髦的学生，但一一让我感到是那样的亲切。我几次问路，学生们都是那样彬彬有礼，而且用他们青春的手臂指向前方的路。然后，他们消失在绿荫摇曳的前方，于是，便一下子绿意葱茏而飘荡起动人的绿雾。这种感觉只有在校园里才会拥有的，虽然我知道只要走出校园，这种感觉便会像是惊飞的鸟一样荡然无存，但我仍然为这种瞬间的感觉而感动。想想儿子就要在这样美好的校园里读书，我心里漾起祝福，也隐隐有些嫉妒。同时也在想，他能够和我一样，在经过了沧桑之后对校园充满着珍惜之情吗？

记得去年一个星期天，儿子在学校复习功课，我去找他，特意带了相机。那所有一百多年历史的中学，也曾是我的母校。儿子就要离开它了，和中学时代告别。我希望给他留下几张照片作为纪念，也想和他一起同母校留影，留下校园的回忆。校园异常安静，百年历史的老钟还在，教学楼巍峨的身影依然，儿子像小鹿一样蹦蹦跳跳地跑下楼来，青春的气息和满园馥郁的月季芬芳一起在校园里洋溢。32年前，我和他一样大小，一样高中毕业，一样青春洋溢而所向空阔，一样想从这个中学的校园蹦到自己心目中理想的大学校园……但梦就是在这样的年龄破灭了。

我和儿子站在了教学楼前的校牌旁。32年了，校牌依旧，我和儿子一人站在它的一边，两代人的梦都在它的身旁实现。照片会留下岁月和历史，留下深情和记忆。即使我们都不在了，照片还在，校园还在，永远的校园会为我们作证。

白发苍苍

小学三年级,多了一门作文课。教我们这门课的是新班主任老师。我记得很清楚,他叫张文彬,40多岁的样子,有着浓重的、我听不出来究竟是哪里的外地口音。他很严厉,又是正是年富力强的时候,站在讲台桌前,挺直的腰板,梳一头黑黑的头发——他那头发虽然乌亮,却是蓬松着,一根根直戳戳地立着,总使我想起他给我们讲解的"怒发冲冠"这个成语——我们学生都有些怕他。

第一次上作文课,他没有让我们马上写作文,带我们看了一场电影,是到长安街上的儿童电影院看的。(如今这家电影院早已经化为灰烬,那片地方建起了一个商厦。)我到现在还记得,看的是《上甘岭》。

那时,儿童电影院刚建成不久,内外一新。我的票子是在楼上,一层层座位由低而高,像布在梯田上的小苗苗。电影一开始,身后放映室的小方洞里射出一道白光,从我的肩头擦过,像一道无声的瀑布。我真想伸出手抓一把，也想调皮地站起来，在银幕上露出个怪样的影子来。尤其让我感到新鲜的是，在每一排座椅下面都安着一个小灯，散发着柔和而有些幽暗的光，可以使迟到的小观众不必担心找不到座位。我对那一排排小灯格外感兴趣，以至我看那场电影时总是走神，忍不住低头看那一排排灯光，好像那里闪闪烁烁藏着什么秘密或什么好玩的东西。

张老师让我们写的第一次作文就是写这次看电影，他说："你们怎么看的，怎么想的，就怎么写，你觉得什么有意思，就写什么。"我把我所感受到这一切都写了，当然，我没有忘了写那一排排我认为有意思的灯光。

没想到，第二周作文课讲评时，张老师向全班同学朗读了我的这篇作文。虽然，几十年过去了，我还记得特别清楚，他特别表扬了我写的那一排排灯光，说我观察仔细，写得有趣。他那浓重的外地口音，我听起来觉得是那样亲切。那作文所写的一切，我自己听起来也那么亲切。童年的一颗幼稚的心，使我第一次对作文产生了浓厚的兴趣。啊，原来自己写的文章还有着这样的魅力！

张老师对这篇作文提出了表扬，也提出了意见，其他具体的我统统忘记了。但我记得从这之后，我迷上了作文。作文课成了我最喜欢最盼望上的一门课。而在作文讲评时，张老师常常要念我的作文。他常在课下对我说："多读一些课外书。"我觉得他那一头硬发也不那么"怒发冲冠"了，变得柔和了许多。

有时，一个孩子的爱好，其实就是这样简单地在瞬间形成了。一个人的小时候，有时就是这样的重要。

那时，我家里生活不富裕，在内蒙古的姐姐给家里寄些钱。一次，姐姐刚寄来钱，爸爸照往常一样把钱放进一个小皮箱子里。我趁着爸爸上班，妈妈不在家，偷偷地打开了小皮箱子，拿走了一张5元钱的票子。小时候，5元钱，对我是一个多么大的数字呀！拿着它，我跑到离我家不远的大栅栏里的新华书店，破天荒头一次买了四本书。我到现在还保留着这四本书：《李白诗选》《杜甫诗选》《陆游诗选》《宋词选》。谁知，我为此付出的代价是屁股上挨了爸爸一顿鞋底子。这是我有生以来第一次也是唯一一次挨打。

这件事不知怎么传到张老师的耳朵里了，他毫不客气地给了我一个"当众警告"的处分，而且白纸黑字地贴在学校的布告栏里。说心里话，我很恨他。让我多看课外书的不是你吗？但当时我忘记了问一句自己：张老师可没有让你私自拿家里的钱去买书呀！

值得欣慰的是，我的作文，张老师依然在班里作为范文朗读。没过几日，学校的布告栏里又贴出一张纸，宣布撤消对我的处分。张老师对我说："是有意识这样做的。对你要求严格些，没坏处！"我当时心里很不服气，这不是成心让我下不来台吗？小事一件，值得吗？大概他也觉得太过分了，才这样安慰我吧？那时候，我就是这样的幼稚。

我并没有理解张老师一片严厉而又慈爱的心。

新年,我们全校师生在学校的小礼堂里联欢。小礼堂是用原来的破庙改建的,倒是挺宽敞,新装的彩灯闪烁,气氛挺热闹的。每个班都要出节目,我那天和同学一起演出的是话剧《枪》的片断。演得正带劲的时候,礼堂的门突然推开了,随着呼呼的冷风走进来一个白胡子、白眉毛、白头发的老爷爷,穿着一件翻毛白羊皮袄,身上还背着一个白布袋……总之,给我的印象是一身白。走进门,他将了将白胡子,故意装出一副粗嗓门儿说道:"孩子们,我是新年老人,我给你们送新年礼物来了!"同学们都欢呼起来了,他走到我们中间,把那个白布袋打开,倒出来一个个小纸包,递给每个同学一份。那里面装的是铅笔、橡皮、三角板,或是糖果。当我们拿着这些礼物止不住笑成一团的时候,新年老人一把摘掉他的白胡子、白眉毛和白头发,我才看清,哦,原来是我们的张老师!

第二年,他就不教我们了。他给我留下了这个白胡子、白眉毛和白头发的新年老人的印象。他给我一个现实生活中难得的童话!这种童话,只有在我那种年龄才能获得,他恰当其时地给予了我。

以后,我从这所小学毕业,考入中学。"文革"那一年,我刚好高中毕业,偶然从这所母校路过,我看见了张老师,他骑着一辆破旧的自行车,佝偻着背,显得苍老了许多,我几乎没有认出他来。尤其让我惊讶万分的是,他竟然像那年装扮的新年老人一样真的白

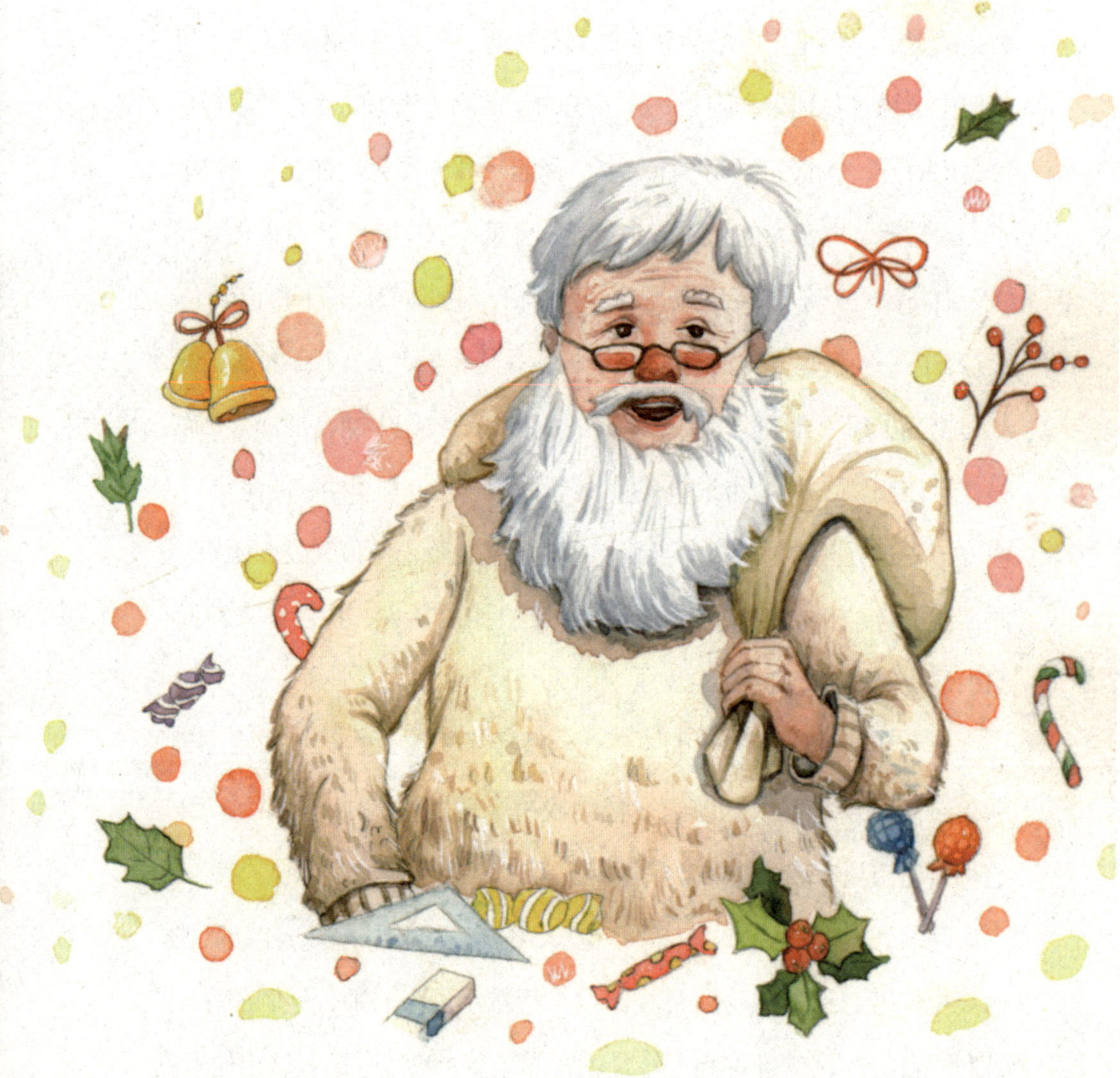

发苍苍了。才不到十年呀,他不该老得这样快。他那一头"怒发冲冠"的乌黑的头发哪里去了呢?

我恭敬地叫了一声:"张老师!"他跳下车,还认得我,没对我说什么,匆匆地骑上车走了。从此,我再也没有见过他。他那一头苍苍白发,给我的刺激太深了。

1974年,我从北大荒回到北京,一时没有工作待业在家,好心的母校老师找到我,让我暂时去学校代课。我去了,首先问起了张文彬老师。他退休了,"文革"中,他受到了不公正的待遇。站在张老师曾经站过的讲台上,我居然也做起老师讲课来了,而张老师却不在了,我的心里掠过一阵难以言说的感情。

不知怎么搞的,我的眼前总是浮动着张老师那白发苍苍的样子。

花荫凉儿

已经有二十多年没有见到高挥老师了，高老师一把握住我的手，拉我坐在她的身边。八十岁的人了，腿脚利索，还显得那么有生气。高老师是我在汇文中学读书时的老师，那是五十年前的事情了，想想，那时她30岁上下，长得漂亮，又会拉一手小提琴，还在学校的舞台上演出过话剧。好长一段时间里，我偷偷地喜欢多才多艺的她，觉得她长得特别像我的姐姐，连说话的声音都像。

后来听说，她是志愿军文工团的团员，从朝鲜战场上回来，部队动员她嫁给首长。她没有同意，只好复员，颠沛流离之后考学，毕业不久，到了我们学校，开始教地理，后来负责图书馆。

我就是在高老师负责图书馆的时候，和她逐渐熟悉起来的。那是1963年的秋天，我读高一，因为初三的一篇作文在北京市获奖，校长对她说可以破例准许我进入图书馆自己选书。那一天的午饭时间，我刚要进食堂，看见高老师站在食堂旁的树下，向我招招手，我走过去,她对我说起了这件事,说你什么时候去图书馆都行。我的心里涌出一种说不出的感动,口拙,一时又说不出什么。她摆摆手对我说,快吃饭去吧。我走后忍不住回头,才发现高老师站在一片花荫凉儿里,阳光从树叶间筛下,跳跃在高老师的身上,闪动着好多颜色的花一样,是那么的漂亮。

图书馆在学校五楼,由于学校有百年历史,藏书很多,有不少1949年以前的书籍,由于没有整理,都尘埋网封在最里面的一间大屋子里。高老师帮我打开屋门的锁,让我进去随便挑。那是我有生以来第一次叹为观止见到那么多的书,山一般堆满屋顶,散发着霉味和潮气,让人觉得远离尘世,与世隔绝,像是进入了深山宝窟。我沉浸在那书山里,常常忘记了时间,常常是高老师在我的身后微笑着打开了电灯,我才知道到了该下班的时候了。

久别重逢,逝去的日子,一下子迅速地回流到眼前。我对高老师说,您对我有恩,没有您,也许我不会走上写作的道路。高老师摆摆手说

不能这么讲，然后对在座的其他几位老师说，我去过肖复兴家一次，看见地上垫两块砖，上面搭一块木板，他的书都放在那里，心里非常感动，回家就对我女儿说。后来，肖复兴到我家里看见有一个书架，其实是最简单不过的一个矮矮的书架，他对我说，以后有钱我一定买一个您这样的书架。这给我印象很深。

我忽然想起了这样一件事，为了我破例可以进图书馆挑书，高老师曾经和一个同学吵过一架，那个同学非要进图书馆自己挑书，她不让，同学气哼哼指着我说为什么他就可以进去？为此，"文革"中她被贴了大字报，说是培养修正主义的苗子。我私下猜想，为什么高老师默默忍受了？大概她去我家的那一次，是一个感性而重要的原因。秉承着孔老夫子有教无类的理念，她一直同情我，帮助我。

我对高老师说，我从北大荒插队回来，第一个月领取了工资，先在前门大街的家具店买了一个您家那样的书架，22元钱，那时我的工资才42元半。高老师对其他老师夸奖我说，爱书的孩子，到什么时候都爱书。

我又对高老师说，"文革"中，虽然挨了批判，但图书馆的钥匙还在您的手里，有一次在校园的甬道上，您扬扬手里的钥匙，问我想看什么书，可以偷偷进图书馆帮我找。好长一段时间，我都是把想看的书目写在纸上交给您，您帮我把书找到，包在一张报纸里，放在学校传达室王大爷那里，我取后看完再包上报纸放回传达室。

这样像地下工作者传递情报一样借书的日子，一直到我去北大荒。那是我看书看得最多的日子。《罗亭》《偷东西的喜鹊》《三家评注李长吉》……好几本书，都没有还您，让我带到北大荒去了。高老师说，没还就对了，还了也都烧了。在场的几位老师都沉默了下来，那时，我们学校的书，成车成车拉到东单体育场焚毁，那里的大火曾经燃烧着我学生时代最残酷的记忆。

　　我庆幸中学读书时遇见了高老师。虽然多年未见，但心里一直把她当作自己的一位大姐（她比我姐姐大一岁）。想起她，总会有一种格外亲近的感觉。一个人的一生，萍水相逢中能够碰到这样的人，即使不多，也足够点石成金。分手时，送高老师进了汽车，一直看着汽车跑远，才忽然想到，忘记告诉高老师了，那个从北大荒回来买的和她家一样的书架，一直没舍得丢掉，还跟着我。很多的记忆，都还紧紧地跟着我，就像影子一样，像校园里树叶洒下了花荫凉儿一样。

花间补读未完书

田增科老师到澳洲去了。这是他第三次去。我隐隐地感到,这一次,他大概不会再回来了。他的两个孩子在那里,另一个在意大利,国内已经没有他的亲人了。几个孩子在国外干得都不错,执意要接他们老两口出去,尽尽孝心。

我忽然觉得一下子非常落寞。在偌大的北京,我没有任何亲戚,连八杆子打不着的都找不着一个。田老师,已经是我在北京唯一的亲戚了。我和他交往了四十多年,过了我人生的大半。岁月,让人的感情发生着变化,就像葡萄在时间的催化下变成酒一样,浓郁芬芳醉人。

我在汇文中学上初三,田老师教我语文。那时,我十五岁,田老师刚刚大学毕业,我们开始了长达四十余年的交往。这中间,是他帮助我修改了我的一篇作文,并亲自推荐我参加了北京市少年作文比赛,获得了一等奖。那是我第一篇变成铅字的文章,如果没有这样的一篇文章，我会那样迷恋上文学吗？我今天的道路会不会发生变化？我有时这样想，便十分感谢田老师。我永远难忘他将我的那篇作文塞进信封，投递进学校门前的绿色信筒里的情景；我也永远难忘当我的这篇文章被印进书中，他将那喷发着油墨清香的书递给我手中时比我还要激动的情景。那是春天一个细雨飘洒的黄昏。

  这中间，还横躺着一个"文革"。说来我当时也许真是十分的可笑，我自以为自己才是革命的，而认为田老师当时有些保守，因为我们两人当时参加的并不是一个战斗队，有一段时间，我和田老师疏远了。可是，在我要到北大荒插队的时候，我以为田老师不会来送我的了，田老师却出现在我的面前。在那些个路远天长、心折魂断的日子里，田老师常有信来，一直劝我无论什么样艰苦的条件下千万不要放下笔放下书。在那文化凋零的季节，他千方百计从内部为我买了一套《水浒》和一套《三国演义》，在我从北大荒回家探亲假期结束要回北大荒的前夕，赶到我的家里把书送来。那一晚，偏巧我去和同学话别没有在

家，徒留下桌上的一杯已经放凉的茶和漫天的繁星闪烁。

这中间，我和田老师先后结婚，先后为老人送终，他生下两女一子，我生下一个儿子，在那一段一根扁担挑着老少两头的艰辛的日子里，我待业在家没有工作，他鼓励我别灰心，并借给我他的《苕溪渔隐丛话》《中国画论辑要》《人间词话》《红楼梦》等书，还送我一个笔记本，劝我再苦再难，读书是必要的，要相信乾坤有眼、时序有心，要相信艺不压身，学问终有需要的时候。

这中间，我发表的第一篇文章，是他看后觉得不错，亲自骑上自行车跑到报社替我送到编辑的手中，并郑重地推荐给人家的。那篇文章，他至今保留如初，并保留着我中学的作文本。

这中间，他出版的第一本书，特意约我来写序言，我说："这本书中的这些篇章并不是为文而文，而是一位老教师在和你坦率真挚地谈心。悠悠读来，我仿佛又回到学校，重温坐在教室里听田老师讲课时那一片温馨，它曾伴我度过少年而渐渐长大。"

这中间，我和田老师一样，做上了中学和大学的老师。我刚刚给学生上课的时候，田老师就曾经骑着自行车到学校专门听我讲课。我教书的中学在郊区，比较远，但他还是早早就到了。听他的学生要给更为年轻的学生讲课了，他的心情显得有些激动。田老师走进校园，我看到许多学生趴在教室的窗前好奇地看。那一次，他回家迷了路，兜了好半天的圈子才回到家。

还有一次，他到我教书的中央戏剧学院来听我讲课，我讲的朱自清的《背影》，下课后，他告诉我文章中的一个字我读错了，另外除了结合朱自清先生的自身经历，还要结合当时的时代背景，会对文章的内涵理解得更深刻些。我送他一直到学院门口，看着他骑上车在冬天的风中远去，一直到看不见他的背影为止，我才发现自己的手中拿着的正是朱自清的《背影》。

四十多年的岁月就这样如水长逝。可以说，我和田老师这四十多年的交往，是读书、写书和教书的交往，清淡如水，却也清澈如水，由书滋润着情感，又由情感滋润着书，便也格外湿润而清新。并不是所有的人都能够或值得保持这么多年的友情的。人生中，萍水相逢的、利害相加的、关系互通的人，总是居多。但我和田老师却是这样平淡又长久地保持着这样一份感情，让彼此都感到那感情中因有岁月的沉淀而那样沉甸甸。在偌大的北京城中，由于我没有任何亲戚，我便把田老师当成了唯一的亲戚。在春节老北京人讲究亲戚之间互相看望的礼节里，我唯一要看望的就是田老师。

一晃，春节将要来临。田老师却到澳洲去了，而且不会再回来了。春节，我将无处可去。

我想起前年的春节，田老师当时也不在北京，正在澳洲女儿的家中。他特意给我寄来一封信，信中夹有一张他在女儿家门前照的照片，照片后面有他抄的一句清诗："竹里坐消无事福，花间补读未完书"。一下子，遥远的澳洲变得近在咫尺，田老师又像坐在我的身边了。而且，那时总想这个春节田老师不在，下一个春节他是要回来的。毕竟他还想着那么多要读的未完之书。

可是，这一次，田老师不会再回来了。他早早寄给我一张贺卡，贺卡上印着积雪覆盖的原野。接到贺卡那天，北京正纷纷扬扬飘飞着冬天以来最大的雪花。

五月的鲜花

阎述诗老师，冬天永远不戴帽子，曾是我们汇文中学的一个颇为引人瞩目的景观。他的头发永远梳理得一丝不乱，似乎冬天的大风也难在他的头发上留下痕迹。

阎述诗是北京市的特级数学教师，这在我们学校数学教研组里，是唯一的。学校里所有的老师，包括我们的校长都对他格外尊重。他只教高三毕业班，非常巧，我上初一的时候，他忽然要求带一个初一班的数学课。可惜，这样的好事没有轮到我们班。不过，他常在阶梯教室给我们初一的学生讲数学课外辅导，谁都可以去听。他这样做，为了我们学生，同时也是为了年轻的老师。他要把数学从初一开始抓起的重要性，用自己的实际行动告诉大家。

我那时并不怎么喜欢数学，还是到阶梯教室听了他的一次课，是慕名而去的。那一天，阶梯教室坐满了学生和老师，连走道都挤得水泄不通。上课铃声响的时候，他正好出现在教室门口。他讲课

的声音十分动听,像音乐在流淌;板书极其整洁,一个黑板让他写得井然有序,像布局得当的一幅书法、一盘围棋。他从不擦一个字或符号,写上去了,就像钉上的钉,落下的棋。给我印象最深的是他随手在黑板上画的圆,一笔下来,不用圆规,居然那么圆,让我们这些学生叹为观止,差点儿没叫出声来。

45分钟一节课,当他讲完最后一句话的时候,下课的铃声正好清脆地响起,真是料"时"如神。下课以后,同学们围在黑板前啧啧赞叹。阎老师的板书安排得错落有致,从未擦过一笔、从未涂过一下的黑板,满满当当,又干干净净,简直像是精心编织的一幅图案。同学们都舍不得擦掉。

是的,那简直是精美的艺术品。我还未见过一个老师能够做到这样。阎老师并不是有意这样做,却是已经形成了习惯。长大以后,我回母校见过阎老师的备课笔记本,虽然他的数学课教了那么多年,早已驾轻就熟,但每一个笔记本、每一课的内容,他写得依然那样一丝不苟,像他的板书一样,不涂改一笔一划,哪怕是一个圆、一

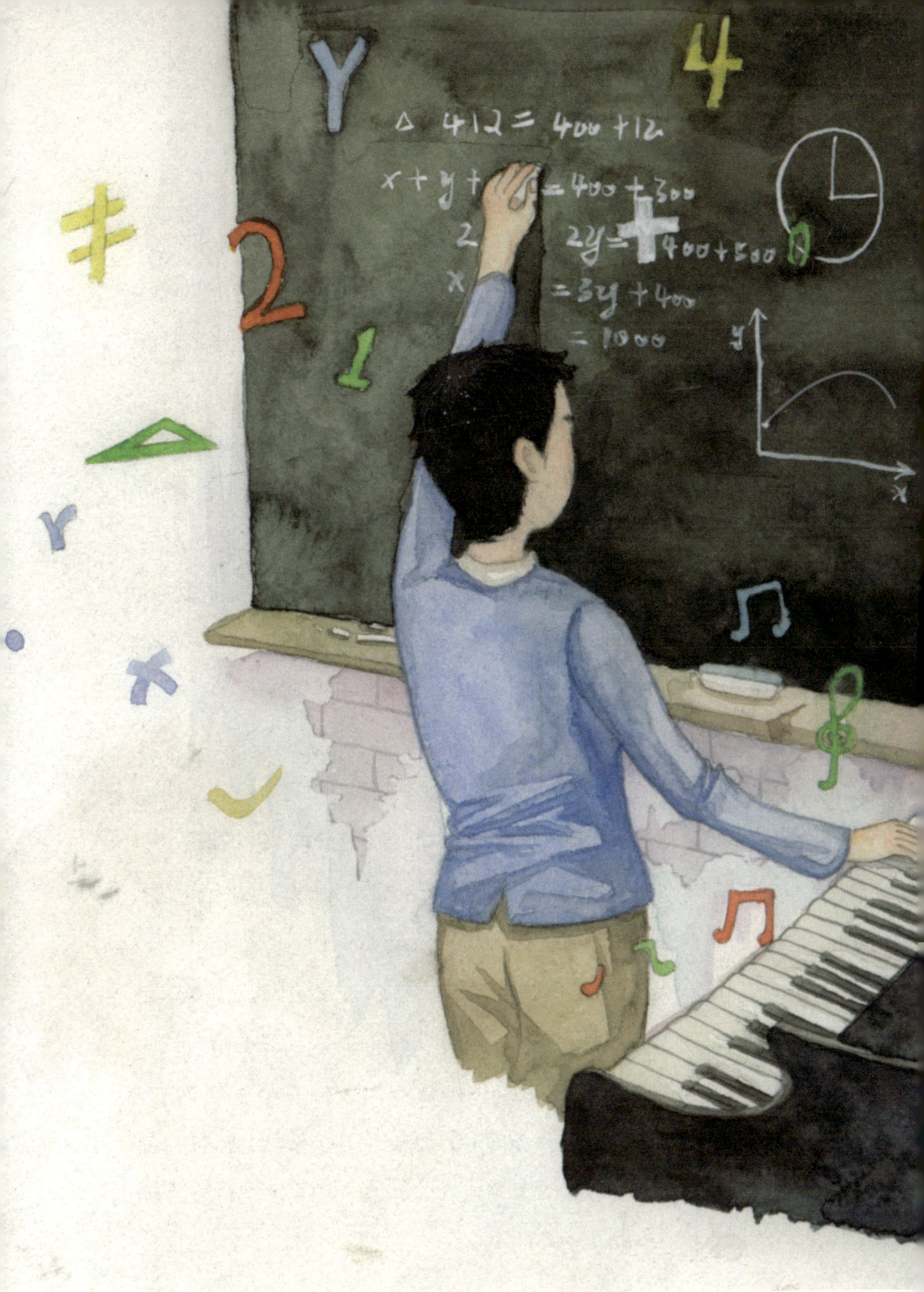
△ 412 = 400 +12
= 3y + 400
= 1000

个三角形，都用圆规和三角板画得规规矩矩，而且每一页都布置得整齐有序，整个一个笔记本像一本印刷精良的书。阎老师是把数学课当成艺术对待的，他把数学课上成了艺术。只是刚上学的时候，我不知道阎老师其实就是一位艺术家。

一直到阎老师逝世之后，学校办了一期纪念阎老师的板报，在板报上我见到诗人光未然先生写来的悼念信，信中提起那首著名的抗战歌曲《五月的鲜花》，方才知道是阎老师作的曲，原来他是如此学艺广泛而精深。想起阎老师的数学课，便不再奇怪，他既是一位数学家，又是一位音乐家，他将音乐形象的音符和旋律，与数学的符号和公式，那样神奇地结合起来。他拥有一片大海给予我们的才如此滋润淋漓。

那一年，是1963年，我上初三，阎述诗老师才58岁，太早离开了我们。他是患肝病离开我们的。肝病不是肝癌，并不是不可以治的。如果他不坚持在课堂上，早一些去医院看病，他不至于这么早走的。他就像唱着他的《五月的鲜花》的战士，不愿离开自己战斗的岗位一样，不愿离开课堂。从那一年之后，我再唱起这首歌："五月的鲜花，开遍了原野，鲜花掩盖着志士的鲜血……"便想起阎老师。

就是从那时起，我对阎述诗老师有了进一步的了解。以他的才华学识，他本可以不当一名寒酸的中学老师。艺术之路和仕途之径，都曾为他敞开。1942年，日寇铁蹄践踏北平，日本教官接管了学校后曾让他出来做官，他却愤而离校出走，开一家小照相馆艰难度日谋生。1949年初期，他的照相馆已经小有规模，凭他的艺术才华，他的照相水平远近颇有名气，收入自是不错。但是，这时母校请他回来教书，他二话没说，毅然放弃商海赚钱的生涯，重返校园再执教鞭。一官一商，他都是那样爽快挥手告别，唯有放弃不下的是教师生涯。这并不是所有知识分子都能做得到的，人生在世，诱惑良多，无处不在，一一考验着人的灵魂和良知。

我对阎述诗老师的人品和学品愈发敬重。据说，当初学校请他回校教书，校长月薪90元，却经市政府特批予他月薪120元，实在是得有其所，充分体现对知识的尊重。现在想想，即使今天也不是那么容易做到的。

世上有许多东西是无法用金钱衡量的。阎述诗老师一生与世无争，淡泊名利；白日教数学，晚间听音乐，手指在黑板与钢琴上均是黑白之间，相互弹奏；两相契合，阴阳互补，物我两忘，陶然自乐。这在物欲横泛之时，媚世苟合、曲宦巧学、操守难持、趋避易变盛行，阎述诗老师守住艺术家和教育家一颗清静透彻之心，对我们今日实在是一面醒目明澈的镜子。

诗人早就说过，有的人活着，他却死了；有的人死了，他却活着。想想抗战胜利都70年，《五月的鲜花》唱了整整有七十多年，却依然在整个中国的土地上回荡。岁月最为无情而公正，七十多年的时间呀，会有多少歌、多少人，被人们无情地遗忘！但是，阎述诗老师和他的《五月的鲜花》仍被人们记起。

在母校纪念阎述诗老师的会上，我见到他的女儿，她是著名演员王铁成的夫人。她告诉我她的女儿至今还保留着几十年前外公临终前吐出的最后一口鲜血——洁白的棉花上托着一块玛瑙红的血迹。

从血管里流出的是血，与从自来水管里流出的水，终究是不同的人生、不同的历史。

那块血迹永远不会褪色。那是五月的鲜花，开遍在我们的心上。

先生教我抛物线

从母校寄来的新的一期《汇文校友》刊物上，才得知韩永祥老师刚刚过完他的百岁生日。看刊物上登载他祝寿的照片，一百岁的老人，依然那样精神矍铄；鹤发童颜，和身着的红色唐装相映成辉。哪里看得出竟然有一百年的光阴，已经从他的身上淌过，岁月的年轮刻在了他的额头上。

记忆中的韩老师，并没有这样的老。那时，我在汇文中学上高一的时候，韩老师教我立体几何。他高高瘦瘦的个子，抱着一支大大的三角板，第一次出现在我们教室门口的时候，给我的感觉很奇怪，有些像相声演员马三立先生，也有些像独自一人大战风车的堂·吉诃德。大概因为他实在太瘦，那三角板显得格外硕大而与他不成比例，另外，他微微地笑着，那笑带有几分幽默的缘故。

课间操的时间里，常看见他和数学组的年轻老师一起打排球。就在我们教室窗外的空地上，没有球网，只是老师们围成一圈，互

相托球,不让球落地,也要技术和技巧,我们学生下操后常常去看热闹,为老师叫好。那时,韩老师身手不凡,格外灵敏,加上胳膊长腿长,能够海底捞月一般弯腰救起许多险球。算算那是 40 年前,韩老师已经是 60 岁的人了呀。奇怪的是,他给我的印象那时就年轻,所以现在他活到百岁也不显老吧?

韩老师最初给我的幽默的感觉,在他上课的时候得到了验证。他讲课不紧不慢,不温不火,言语干净利索,讲得清晰明白,时不时的带有几分幽默。记忆最深的一次,是讲双抛物线,讲到其特点在坐标轴上下的弧线是无限延长永不相交的时候,韩老师指着黑板上他画出的双抛物线,忽然说了一句:"这叫做——上穷碧落下黄泉,两处茫茫皆不见。"全班同学一下子都会意地笑了,他自己也有些得意地笑了。因为那时我们刚刚学完白居易的《长恨歌》,"上穷碧落下黄泉,两处茫茫皆不见",正是其中的一句诗。这句诗本来是形容唐玄宗对杨贵妃上天入地的渴望,用在抛物线上,歪打正着,那么的恰如其分,又生动富于想象力。学问的积淀，方能触类旁通，横竖相连，让我们的学习有了趣味而记忆牢靠。

我的立体几何学得一直不错，在韩老师教授我的一年时间里，大小考试都是满分，只有一次马失前蹄。我记得很清楚，是期末考试前的一次阶段测验，韩老师出了四道题，每题25分，马马虎虎，我错了一道，得了75分。有意思的是，全班只有我一人错了一题，其他同学都是满分，我的脸有些臊。那天，发下试卷，韩老师没有找我，而是让我们的班主任找到我，并没有批评我，只是转告我说韩老师觉得很奇怪，肯定是大意了，期末考试时把损失补回来！好的老师总是懂得教育学生的机会和方法，便使得枯燥的数学化为了艺术，也使得平凡的生活化为了永远的回忆。

一晃，40年弹指一挥间，韩老师已是百岁老人，不禁令我感慨，更令我怀念。当晚睡不着，诌出一首打油诗，寄赠韩老师，算我迟到的生日祝贺——

上穷碧落下黄泉，两处茫茫皆不见。

先生教我抛物线，一语记犹四十年。

被雨打湿的杜甫

初三那一年的暑假,我们都是十五岁的少年。那一年的暑假,雨下得格外勤。哪儿也去不了,只好窝在家里,望着窗外发呆,看着大雨如注,顺着房檐倾泻如瀑;或看着小雨淅沥,在院子的地上溅起像鱼嘴里吐出的细细的水泡。

那时候,我最盼望着就是雨赶紧停下来,我就可以出去找朋友玩。当然,这个朋友,指的是她。那时候,她住在我们大院斜对门的另一座大院里,走不了几步就到,但是,雨阻隔了我们。冒着大雨出现在一个不是自己的大院里,找一个女孩子,总是招人眼目的。尤其是她那个大院,住的全是军人或干部的人家,和住着贫民人家的我们大院相比,是两个阶层。在旁人看来,我和她,像是童话里说的公主与贫儿。

那时候,我真的不如她的胆子大。整个暑假,她常常跑到我们院子里找我。在我家窄小的桌前,一聊聊上半天,海阔天空,什么都聊。那时候，她喜欢物理，她梦想当一个科学家。我爱上文学，梦想当一个作家。我们聊得最多的，是物理和文学，是居里夫人，是契诃夫与冰心。显然，我的文学常会战胜她的物理。我常会对她讲起我刚刚读过的小说，朗读我新看的诗歌，看到她睁大眼睛望着我，专心地听我讲话的时候，我特别的自以为是，扬扬自得，常常会在这种时刻舒展一下腰身。

不知什么时候，屋子里光线变暗，父亲或母亲将灯点亮。黄昏到了，她才会离开我家。我起身送她，因为我家住在大院最里面，一路要逶迤走过一条长长的甬道，几乎所有人家的窗前都会趴有人头的影子，好奇地望着我们二人，那眼光芒刺般落在我们的身上。我和她都会低着头，把脚步加快，可那甬道却显得像是几何题上加长的延长线。我害怕那样的时刻，又渴望那样的时刻。落在身上的目光，既像芒刺，也像花开。

雨下得由大变小的时候，我常常会产生一种幻想：她撑着一把雨伞，突然走进我们大院，走过那条长长的甬道，走到我家的窗前。那种幻觉，就像刚刚读过的戴望舒的《雨巷》，她就是那个紫丁香的姑娘。少年的心思，是多么的可笑，又是多么的美好。

下雨之前，她刚从我这里拿走一本长篇小说《晋阳秋》。现在，我已经完全忘记了这本书是谁写的，写的内容又是什么了。但是，我清楚地记得，是《晋阳秋》。《晋阳秋》是那个雨季里出现的意外信使，

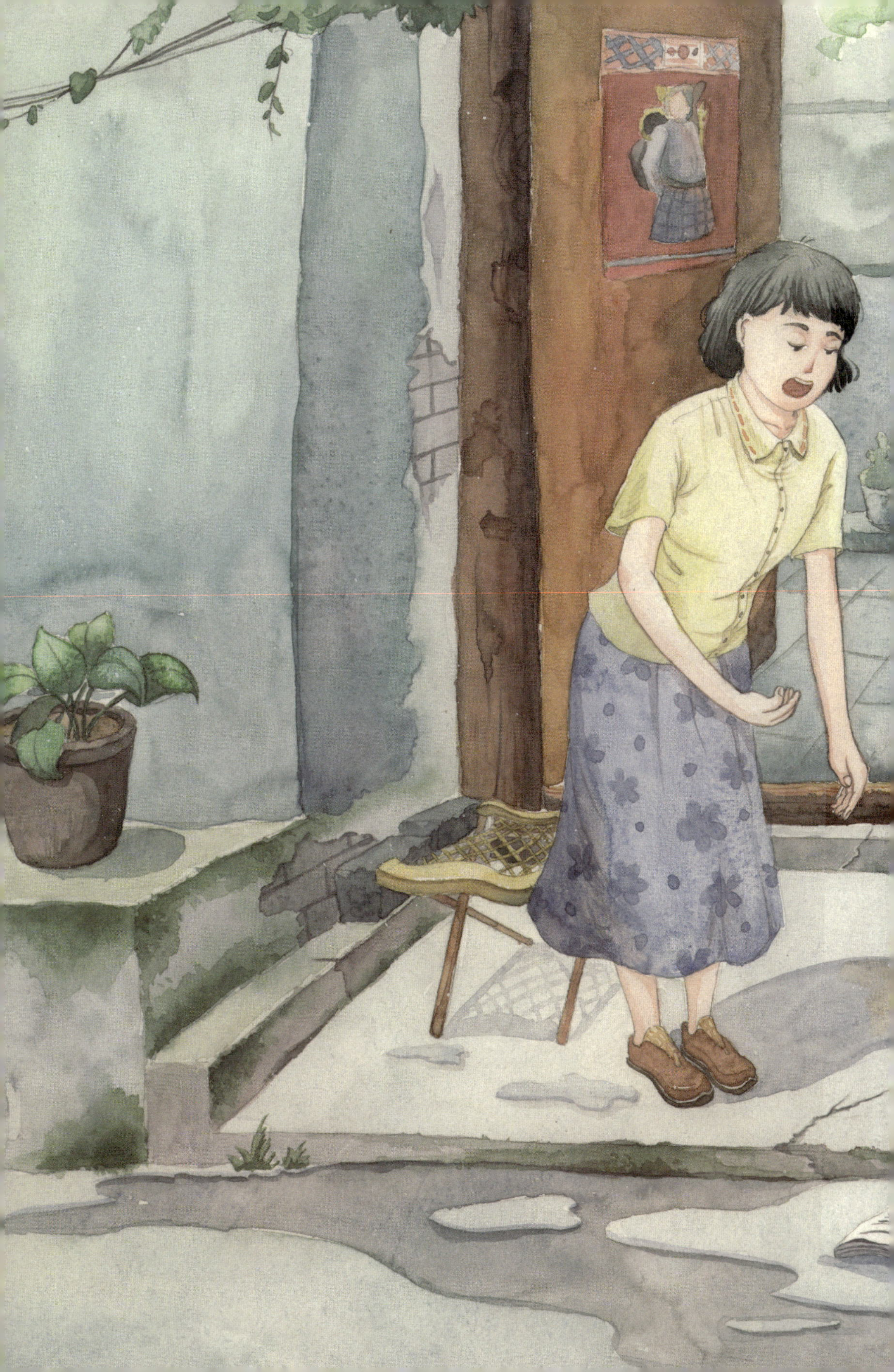

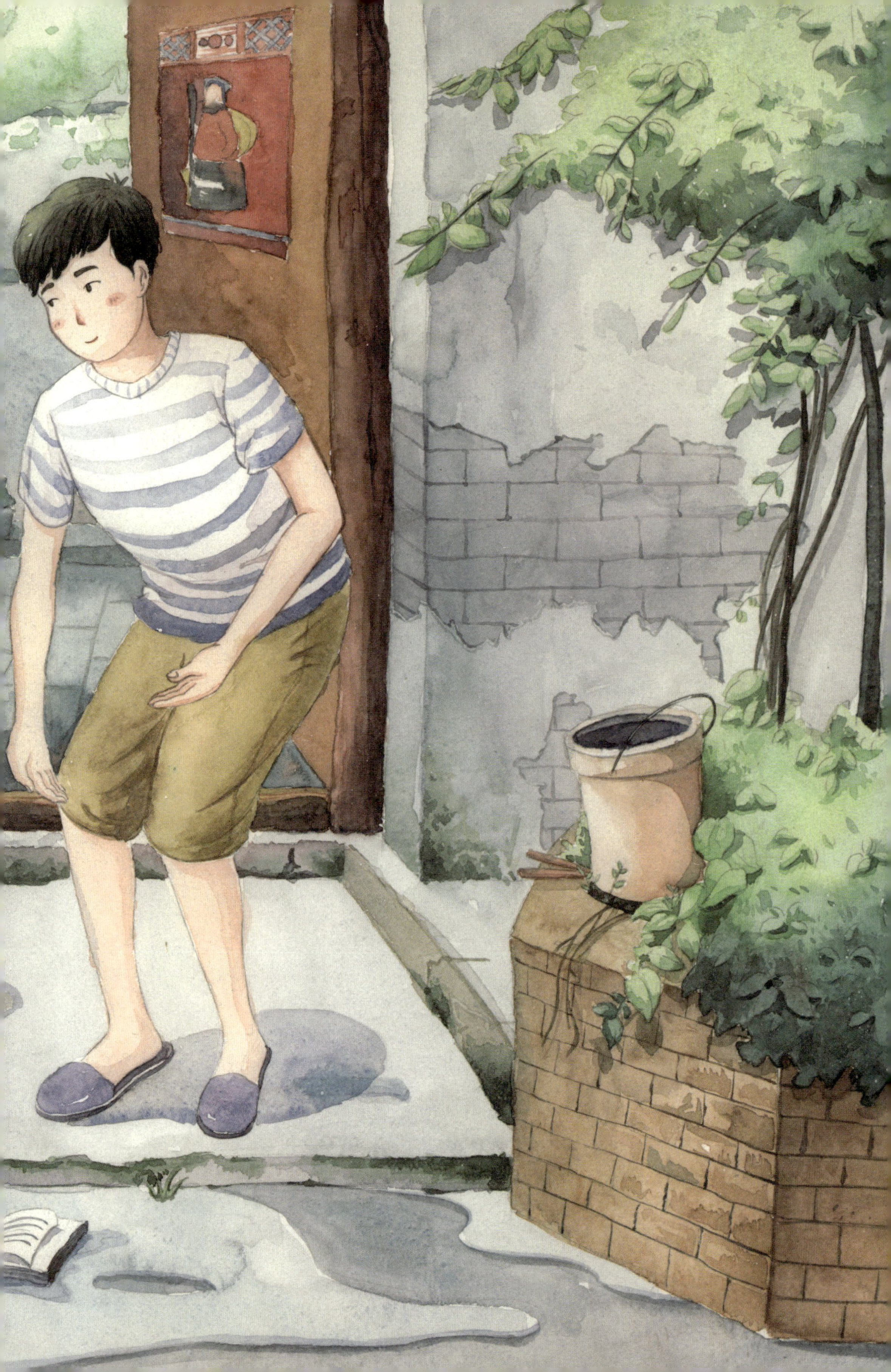

是那个从少年到青春季里灵光一闪的象征物。

这场一连下了好几天的雨，终于停了。蜗牛和太阳一起出来，爬上我们大院的墙头。她却没有出现在我们大院里。我想，可能还要等一天吧，女孩子矜持。可是，等了两天，她还没有来。我想，可能还要再等几天吧，《晋阳秋》这本书挺厚的，她还没有看完。可是，又等了好几天，她还是没有来。

我有些着急了。倒不仅仅是《晋阳秋》是我借来的，该到了还人家的时候。而是，为什么这么多天过去了，她还没有出现在我们大院里？雨，早停了。

我很想找她，几次走到她家大院的大门前，又止住了脚步。浅薄的自尊心和虚荣心，比雨还要厉害地阻止了我的脚步。我生自己的气，也生她的气，甚至小心眼儿的觉得，我们的友谊可能到这里就结束了。

直到暑假快要结束的前一天的下午，她才出现在我的家里。那天，天又下起了雨，不大，如丝似缕，却很密，没有一点停的意思。她撑着一把伞，走到我家的门前。那时，我正坐在我家门前的马扎上，就着外面的光亮，往笔记本上抄诗，没有想到会是她，这么多天对她的埋怨，立刻一扫而空。我站起来，看见她的手里拿着那本《晋阳秋》，伸出手要去拿，她却没有给我。这让我有些奇怪。她不好意思地对我说：真对不起，我把书弄湿了，你还能还给人家吗？这几天，我本想买一本新书的，可是，我到了好几家新华书店，都没有买到这本书。

原来是这样，她一直不好意思来找我。是下雨天，她坐在家走廊前看这本书，不小心，书掉在地上，正好落在院子里的雨水里。书真的弄湿得挺狼狈的，书页湿了又干，都打了卷。

我拿过书，对她说：这你得受罚！

她望着我问：怎么个罚法？

我把手中的笔记本递给她，罚她帮我抄一首诗。

她笑了，坐在马扎上，问我抄什么诗？我回身递给她一本《杜甫诗选》，对她说就抄杜甫的，随便你选。她说了句"我可没有你的字写得好看"，就开始在笔记本上抄诗。她抄的是《登高》。抄完了之后，她忙着起身站起来，笔记本掉在门外的地上，幸亏雨不大，只打湿了"无边落木萧萧下，不尽长江滚滚来"的那句。她不好意思地对我说：你看我，在同一个地方摔倒了两次。

其实，我罚她抄诗，并不是一时的兴起。整个暑假，我都惦记着这个事，我很希望她在我的笔记本上抄下一首诗。那时候，我们没有通过信，我想留下她的字迹，留下一份纪念。那时候，小孩子的心思，就是这样的诡计多端。

读高中后，她住校，我和她开始通信，一直通到我们分别都去插队。字的留念，再不是诗的短短几行，而是如长长的流水，流过我们整个的青春岁月。只是，如今那些信都已经散失，一个字都没有保存下来。倒是这个笔记本幸运存活到了现在。那首《登高》被雨打湿的痕迹清晰还在，好像五十多年的时间没有流逝，那个暑假的雨，依然扑打在我们的身上和杜甫的诗上。

发小儿

发小儿,是地道的北京话,特别是后面的尾音"儿",透着亲切的劲儿,只可意会。发小儿,指的应该是从小拜一个师傅学艺,后来也指从小就是同学,摸爬滚打一起长大。童年的友谊,虽然天真幼稚,却也最牢靠,如同老红木椅子,年头再老,也那么结实,耐磨耐碰,而且漆色总还是那么鲜亮如昨。

黄德智就是我这样的发小儿。我们从小一起长大,有五十多年的友谊。小时候,他家宽敞,我总上他家写作业,顺便一起疯玩,天棚鱼缸石榴树,他家样样东西都足够我新奇的。找到草厂三条最漂亮的院门,就找到了他家,那门楼上有精美的砖雕,黑漆大门上有一条胡同文辞最讲究的门联:林花经雨香犹在,芳草留人意自闲。可惜,去年修马路,草厂三条西半扇全部拆了,他家的老院,连同我们童年的记忆,随之埋在平坦的柏油路下面。

"文革"中,我去了北大荒插队,他留在北京肉联厂炸丸子,一

口足有一间小屋子那么大的锅,哪吒闹海一般翻滚着沸腾的丸子,是他每天要对付的活儿。我插队回来探亲时候到肉联厂找他,指着这一锅丸子说:你多美呀,天天能吃炸丸子!他说:美?天天闻这味儿,我都想吐。

那时候,我喜欢写东西,他喜欢练书法,这是我们从小的爱好,一直舍不得丢,也是枯燥生活中的一点寄托。我插队回来后当老师,偷偷写了一部长篇小说,根本不知道有没有出版的希望,却取名叫《希望》。每写完一段,晚上就跑到草厂三条他家读给他听,然后听听他的意见。他脾气好,柔和而宽容,总是给我鼓励。读完小说,我们就像运动员下半场交换位置一样,他拿出他练习的书法给我看,让我品头论足。那时,我们书生意气,挥斥方遒,自以为是,指点彼此,胸荡层云,笔走乾坤。那时,他写了一幅楷书横幅"风景这边独好",挂在他屋的墙上。

往事如烟,想起这段小屋练兵的激情往事,也已经过去了三十多年,一晃我们一下子都到了退休之年。发小儿的友情,一直坚持到如今,不是为示人观看的美人痣，却如同脚下的泡，是一天天日子踩出来的，皮肉连心。

如今，黄德智已经成了一名不错的书法家，他的作品获过不少的奖，陈列在展室里，悬挂在牌匾上，印制在画册中。我觉得他的影响应该比现在还高一些，才名副其实。但现在的书法界乱如集贸市场，是个人都可以玩书法，尤以退休的老干部和有钱的企业家为最，他们别的玩不了，便喜欢玩书法和诗，这两样就这样被糟蹋了。黄德智为人低调，不善交际，无意争春，羞于名利，却觉得这样挺好，自娱自乐。我喜欢他的楷书和隶书，特别是小楷，很见功夫，一幅咫尺蝇头小楷，他要写上一整天。如今谁愿意沉潜得下心，坐得住屁股？这需要童子功，好的书法家如同高尔斯华绥的小说《品质》里写的"要做最好的靴子"的皮鞋匠一样，地道结实的功夫，靠一生心血的积累而结晶。

黄德智乔迁新居，我去他新家为他稳居。奇怪的是他的房间里没有他的一幅作品，我问他，他说觉得自己的字还不行。他的作品一包包卷起来都打成捆，从柜子的顶部一直挤满到了房顶。他打开他的柜子，所有的柜门里挤满了他用过的毛笔。打开一个个盛放毛笔的盒子，一支支用秃的笔堆在一起，如同一座小山，是陪伴他几十年岁月的笔冢。他说起那些笔里面的沧桑，胜似他的作品，就如同树下的根，比不上枝头的花叶漂亮，却是树的生命所系，盘根错节着日子的回忆。

小学女同学的名字

有些事情真的很奇怪,小学同学的名字常常花开一样蹦出脑海,但中学和大学好多同学的名字记不起来了。

有一个女同学叫孟霭云,有一个女同学叫甘学莲,从名字就可以看出,她们一定出身于书香门第,否则不会对云和莲这样两种中国古人喜欢的清幽东西情有独钟。前些日子,我路过南深沟胡同孟霭云的家门,那是老北京典型的小四合院,进院门就是西厢房山墙的靠山影壁,拐进去就是她家的独门独院。院子老破得如我一样了,但童年的记忆还是那样清晰,天棚鱼缸石榴树,水墨画墨汁淋漓一样呈现在眼前。大门上的门联斑驳脱落了,当年刻的什么字,大概是忠厚传家久,诗书继世长吧,记不大清楚了,孟霭云的名字却如石刻一般,没有被日子湮没,总有那种霭霭云烟,依依墟村的感觉。

还有一个女同学,是我们少先队的大队长,我入少先队的时候,是她给我戴的红领巾。她叫秦弦。这个名字好记,因为容易产生和音乐相关的联想，本来没有什么意义的姓氏，便也就有了韵律，鲜活生动起来，而她自己本来就活泼可爱，名字像是一艘小船，载着她更轻盈地荡漾在明快的水波当中了。

还有一个女同学白白净净，长得像个瓷娃娃。她姓麦，起名叫素僧。本来姓麦的在北京就少，还叫素僧，这个名字很奇特，隐含着父母一辈人的文化密码。当时，老师点名点到她时，都禁不住停了一会儿，头从点名册中抬了起来，望了望答"到"的这个女孩子。我们好几个同学私底下猜测，是不是她家信佛呀？但她家并没有人信佛。

算起来，我小学毕业已经48年，和小学同学分别的48年里，再也没有见过她们，我不知道她们的下落。前年夏天，为写《蓝调城南》一书的时候，我经常在我们小学校附近那一带窜，好奇心驱使，我找到当年麦素僧的家，那里很好找，是离我们小学校不远的一个叫广州会馆的大院。但那个大院早已经拆掉盖起了高楼，幸存的老街坊告诉我，麦素僧初中毕业随父母一起迁到广州，那里是她的老家。

其实，细想一下，我已经记不起这些小学同学的具体模样了，即使她们真的走到我的面前，我也认不出来。奇怪的是，她们的名字，我记得那样清楚，那么多年过去了，她们的名字还像校园里当初盛开的鲜花一样的鲜艳，带着童年时候的天真清纯，带着那个年月里的温暖阳光和明媚月色，跳跃在记忆里，清新如昨。也许，这就是符号的力量，名字也是符号，将时代与人生浓缩并抽象，便也就在记忆的作用下让逝去的日子得以升华。

有时，我会这样想，也许，二十世纪五十年代读小学的女孩子，还会有这样古典气息的名字，那真算得上是一襟晚照。她的名字能够让人遥想五四时期那些只有在唐诗宋词意境里才能够寻得到的女性的名字，比如谢冰心、苏雪林、黄庐隐、林徽因、冯沅君……起码还秉承着中国传统文化的气息。在以后的岁月里，人的名字变化很大，二十世纪六十年代革命化，女孩子不爱红装爱武装，名字跟着一起镀色或变色，叫红的女孩子就无以计数。如今的女孩子的名字崇尚洋味，叫娜呀、莎呀、菲呀的多了起来；讲究谐音玩点儿文字游戏的名字也不少，比如梁爽、胡畔、项洋、李响之类。因此，叫秦弦的可能还有，但是，叫霭云和素僧的，我是再也没有见过。

四年级的小姑娘

在南方一座偏远的小县城，我遇见了一位小姑娘。那天上午，我在她的小学校的操场上，做了一次公益讲座，面对的是四五六年级的学生，足有几百人，清晨和煦的阳光洒在孩子们稚气的脸上，让我感到生命的循环，因为六十年前，我也曾经这样搬来小马扎，坐在操场上，听陌生人耳提面命地讲课。

讲完之后，我走下操场的领操台，立刻围上来好多学生，他们的语文课本里，有我的《那片绿绿的爬山虎》《荔枝》《母亲》等文章，我们一下子显得熟悉和亲热起来。文字的力量，在那一瞬间让心和心变得那么容易相撞。

我快要走出操场，发现身旁一直跟着一个小姑娘。她手里拿着一本书，站在我的右边，不说话，就那么紧紧地跟着。我站住脚，侧过身看了看她，一个小巧玲珑的长得很漂亮的小姑娘。她扬着秀气的脸庞，对我笑着，那笑容里没有一点儿渣滓，如同眼前明澈如

水的阳光。

她看我望着她，忽然问我：肖爷爷，您还来我们学校吗？一下子，我不知该怎么回答她。这样偏远的地方，我再一次来的机会几乎为零。但是，对这样一个可爱的对我充满着真诚期待的小姑娘，我怎么好意思把这样的话说出口呢？我违心地对她说，会来的。马上，我为自己的谎话脸红，为了遮掩我的尴尬，我转移话题问她：你读几年级了？她告诉我四年级，虽然是南方人，普通话说得却非常好，甜甜的，是只有这样的年纪才会有的可爱的声音。

我像不可救药的老师和家长一样俗气地又问她：学习好吗？她说学习挺好的。我的担心是多余的，以前总认为女孩子长得好看的，容易学习成绩差。这个漂亮的小姑娘的学习成绩却一点儿也不差。我冲一起来的朋友喊道：这个小姑娘一直跟着我，快给我们照张相！

照相机的镜头对准我们，我刚搂着小姑娘的肩膀，呼啦啦涌上来一群孩子，呼喊着：我也要照！

就这样，热情的孩子们一直把我送到学校的大门口，隔着铁栏杆向我挥着手。我走出校门老远，回过头来，看见孩子们还在栏杆前挥着手。我想找那个小姑娘，可惜我没有找到。就在我转身向前走去的时候，忽然看见她站在离校门口很远的围墙的台阶上，探出小脑袋来，向我招手。一个多么可爱的小姑娘！

晚上，我在县城的新华书店里，参加读者见面会，很多在书店里买到我的新书的读者，找我签字，居然排起了长队，让我有一种虚荣的成就感。我没有想到，排队的人群中，有清晨我见到的那个小姑娘。她走到我的面前，我才看到她，她拿出一本书，笑着对我说：肖爷爷，上午我就拿着书，您一直也没有给我签名。

我拿过她递在我手里的那本书，是《母亲和莫扎特》，淡紫色的封面，开着淡紫色的牡丹花。这本书是今年早些时候出版的，里面的篇章写的全部是关于母亲的，也有她语文课本里学过的《荔枝》和《母亲》的课文。

签好名后，我问她：你家离书店远吗？怎么大晚上一个人跑过来了？她刚告诉我她家就住在附近，后面的人群就把她挤到一旁。我挤开攒动的人头，想找到她，人群中已经没有了她的踪影。

一直到签名结束，我走出书店，一眼看见了小姑娘站在门口，是在专门等我吗？我忽然有些好奇，也有些感动。我走到她的身边，用手轻轻地抚摸了一下她的头，跟她说了声再见。转身离开的时候，她一把拉着我的胳膊,悄悄地对我说了句:肖爷爷,我能抱您一下吗?我伸出双臂把她搂在怀里。我发现,她竟然流下了眼泪。然后,她从衣袋里掏出一张从作业本里撕下的纸,对我说了句:肖爷爷,我给您写了一封信。

这封信,我把它带回北京。在信里,她告诉我,和我一样,在她很小的时候,她的母亲就病逝了。所以,她很喜欢读我的那本书里面写关于母亲的文章。那些文章,让她想起自己的母亲,也想象着我的样子。不知为什么,看着她的这封充满稚气又真挚的信,我的眼睛湿润了。

如今,离她那么的天远地远,我总会想起她。想象着有一天在北京,或者,重返她的校园,再一次见到这个可爱的小姑娘。

那片绿绿的爬山虎

1963 年，我上初三，写了一篇作文叫《一张画像》，是写教我平面几何的一位老师。他教课很有趣，为人也很有趣，致使这篇作文写得也自以为很有趣。经我的语文老师推荐，这篇作文竟在北京市少年儿童征文比赛中获奖。当然，我挺高兴。一天，语文老师拿来厚厚一个大本子对我说："你的作文要印成书了，你知道是谁替你修改的吗？"我睁大眼睛，有些莫名其妙。"是叶圣陶先生！"老师将那大本子递给我，又说，"你看看叶先生修改得多么仔细，你可以从中学到不少东西！"

我打开本子一看，里面有这次征文比赛获奖的 20 篇作文。我翻到我的那篇作文，一下子愣住了：首先映入眼帘的是红色的修改符号和改动后增添的小字，密密麻麻，几页纸上到处是红色的圈、钩或直线、曲线。那篇作文简直像是动过大手术鲜血淋漓又绑上绷带的人一样。回到家，我仔细看了几遍叶老先生对我作文的修改。题目《一张画像》改成《一幅画像》，我立刻感到用字的准确性。类似

这样的地方修改得很多，长句子断成短句的地方也不少。有一处，我记得十分清楚："怎么你把包几何课本的书皮去掉了呢？"叶老先生改成："怎么你把几何课本的包书纸去掉了呢？"删掉原句中"包"这个动词，使句子干净了也规范了。而"书皮"改成了"包书纸"更确切，因为书皮可以认为是书的封面。我真的从中受益匪浅，隔岸观火和身临其境毕竟不一样。这不仅使我看到自己作文的种种毛病，也使我认识到文学事业的艰巨：不下大力气，不一丝不苟，是难成大气候的。我虽然未见叶老先生的面，却从他的批改中感受到他的认真、平和以及温暖，如春风拂面。

　　叶老先生在我的作文后面写了一则简短的评语：这一篇作文写的全是具体事实，从具体事实中透露出对王老师的敬爱。肖复兴同学如果没有在这几件有关画画的事儿上深受感动，就不能写得这样亲切自然。这则短短的评语，树立起我写作的信心。那时我才15岁，一个毛头小孩，居然能得到一位蜚声国内外文坛的大文学家的指点和鼓励，内心的激动可想而知，涨涌起的信心和幻想，像飞出的一只鸟儿抖着翅膀。那是只有那种年龄的孩子才会拥有的心思。

这一年暑假，语文老师找到我，说："叶圣陶先生要请你到他家做客！"

我感到意外。像叶圣陶先生这样的大作家，居然要见见一个初中学生，我自然当成人生中的一件大事。

那天，天气很好。下午，我来到东四北大街一条并不宽敞却很安静的胡同。叶老先生的孙女叶小沫在门口迎接了我。院子是典型的四合院，敞亮而典雅，刚进里院，一墙绿葱葱的爬山虎扑入眼帘，使得夏日的燥热一下子减少了许多，阳光都变成绿色的，像温柔的小精灵一样在上面跳跃着闪烁着迷离的光点。

叶小沫引我到客厅，叶老先生已在门口等候。见了我，他像会见大人一样同我握了握手，一下子让我觉得距离缩短不少。落座之后，他用浓重的苏州口音问了问我的年龄，笑着讲了句："你和小沫同龄呀！"那样随便、和蔼，作家头顶上神秘的光环消失了，我的拘束感也消失了。越是大作家越平易近人，原来他就如一位平常的老爷爷一样让人感到亲切。

想来有趣，那一下午，叶老先生没谈我那篇获奖的作文，也没谈写作。他没有向我传授什么文学创作的秘诀、要素活指南之类。相反，他几次问我各科学习成绩怎么样。我说我连续几年获得优良奖章，文科理科学习成绩都还不错。他说道："这样好！爱好文学的人不要只读文科的书，一定要多读各科的书。"他又让我背背中国历史朝代，我没有背全，有的朝代顺序还背颠倒了。他又说："我们中国人一定要搞清楚自己的历史，搞文学的人不搞清楚我们的历史更不行。"我知道这是对我的批评，也是对我的期望。

我们的交谈很融洽，仿佛我不是小孩，而是大人，一个他的老朋友。他亲切之中蕴含的认真，质朴之中包容的期待，把我小小的心融化了，以致不知黄昏什么时候到来，悄悄将落日的余晖染红窗棂。我一眼又望见院里那一墙的爬山虎，黄昏中绿得沉郁，如同一片浓浓的湖水，映在客厅的玻璃窗上，不停地摇曳着，显得虎虎有生气。那时候，我刚刚读过叶老先生写的一篇散文《爬山虎》，便问："那篇《爬山虎》是不是就写的它们呀？"他笑着点点头："是的，那是前几年写的呢！"说着，他眯起眼睛又望望窗外那爬山虎。我不知那一刻老先生想起的是什么。

我应该庆幸，有生以来第一次见到作家，竟是这样一位大作家，一位人品与作品都堪称楷模的大作家。他对于一个孩子平等真诚又宽厚期待的谈话，让我15岁那个夏天富有生命和活力，仿佛那个夏天便长了。我好像知道了或者模模糊糊懂得了：作家就是这样做的，作家的作品就是这么写的。同时，在我的眼前，那片爬山虎总是那么绿着。

第二辑 喝得很慢的土豆汤

独草莓

姐姐家在呼和浩特,她住一楼,房前有块空地,种着一株香椿树、一株杏树和一株苹果树。退休之后,姐姐把这块空地开辟成了菜园。翻土,播种,浇水,施肥……每天乐此不疲。姐姐一辈子在铁路局工作,年年的劳动模范,局里新盖了高层楼,分她新房,面积多出三十多平方米。她不去,舍不得她的这片菜园。孩子们都说她,如今,一平方米房子值多少钱?你那破菜园能值几个钱?却谁也拗不过她,只好随了她。

我已经好多年没有见到姐姐了。今年,是姐姐的八十大寿,说什么也要来看看姐姐。想想六十三年前,1952年,姐姐十七岁,只身一人来到内蒙古,修新建的京包线铁路。那时候,我才五岁,弟弟两岁,母亲突然逝去,姐姐是为了帮助父亲扛起家庭生活的担子,才选择来到了塞外。姐姐每月往家里寄三十元钱,一直寄到我二十一岁到北大荒插队。那时候,姐姐每月的工资才有几十元钱呀。

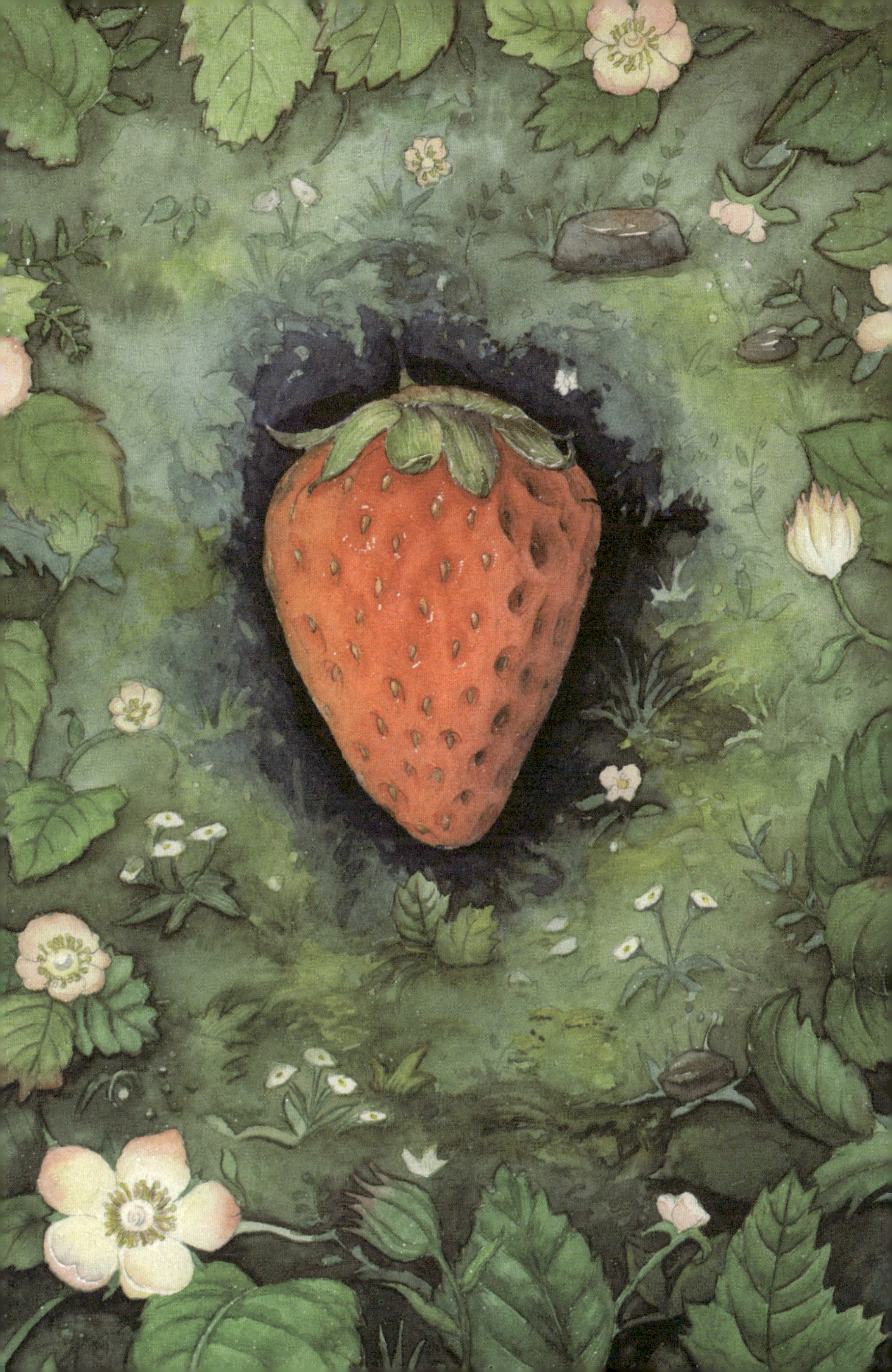

姐姐说起当年她要来内蒙古前离开家时，我和弟弟舍不得她走，抱着她的大腿哭的情景，仿佛岁月没有流逝，一切都恍若目前。

来到姐姐家，先看姐姐的菜园。菜园不大，却是她的天堂，那里种着她的宝贝。特别是姐夫前几年病逝之后，那里更是她打发时光消除寂寞的好场所。菜园被姐姐收拾得井井有条。丝瓜扁豆满架，窝瓜满地爬，小葱棵棵似剑，韭菜根根如阵，西红柿、黄瓜和青椒，在架子上红的红，青的青，弯的弯，尖的尖……忍不住想起中学里学过吴伯箫的课文《菜园小记》里说的，真的是姹紫嫣红。这么多的菜，吃不完，送给邻居，成为姐姐最开心的事情。

菜园旁，立着一个大水缸，每天洗米洗菜的水，姐姐从厨房里一捅一捅拎出来，穿过客厅和阳台，走进菜园，把水倒进水缸，备用浇菜。节省一辈子的姐姐，常被孩子们嘲笑，而且，劝她说现在菜好买，什么菜都有，就别整天忙乎这个了，好好养老不好吗？姐姐会说，劳动一辈子了，不干点儿活儿难受。想想，在风沙弥漫的京包铁路线上餐风饮露，这是她念了一辈子的经文，笃信难舍。再想想，人老了，其实不是享清闲，而是怕闲着，能有点儿事干，而且，这事干着又是快乐的，便是养老的最好境界。姐姐种的那些菜，便有她自己的心情浸透，有她往事的回忆，是孩子都上班上学去之后孤独时的伙伴，她可以一边侍弄着它们，一边和它们说说话。

夸她的菜园，就像夸她的孩子一样的高兴。我对她的菜园赞不绝口。姐姐指着菜园前面绿葱葱的植物,我没认出是什么。她对我说,这里原来种的是生菜和小水萝卜,今年闹虫子,我把它们都给拔了,改种了草莓。不知怎么弄的,也可能是我不会种这玩意儿,你看,一春天都过去了,只结了一个草莓。

我跟着她走过去,俯下身子仔细看,才看见偌大的草莓丛中,果然只有一颗草莓,个头儿不大,颜色却很红,小小的红宝石一样,孤独地藏在叶子下面,好像害羞似的怕人看见。

孩子们看着它好玩,都想摘了吃,我没让摘。姐姐说。我问她,干吗不摘,时间久,回头再烂了,多可惜。姐姐笑着说,我心里盼望着有这么一个伴儿在这儿等着,兴许还能再结几个草莓!

相见时难别亦难,和姐姐分手的日子到了,离开呼和浩特回北京的前一天晚上,姐姐蒸的米饭,我炒的香椿鸡蛋,做的西红柿汤,菜都来自姐姐的菜园。晚饭后,姐姐出屋去了一趟菜园,然后又去了一趟厨房,背着手,笑眯眯地走到我的面前,像变戏法一样,还没等我猜,就伸出手张开来让我看,原来是那颗草莓。你尝尝,看味儿怎么样?姐姐对我说。

我接过草莓,小小的,鲜红鲜红的,还沾着刚刚冲洗过的水珠儿,真不忍心下嘴吃。姐姐催促着,快尝尝!我尝了一口,真甜,更难得的是,有一股在市场买的和采摘园里摘的少有的草莓味儿。这是一种久违的味儿。

面包房

那时，我的孩子小，还没有上小学。晚上，我有时会带着他到长安街玩，顺便去买面包或蛋糕。长安街靠近大北窑路北，有家面包房，不大，做的法式面包和黑森林蛋糕非常的好吃。关键是，一到晚上七点之后，所有的面包和蛋糕，包括气鼓、苹果派、核桃派，品种很多的甜点，一律打五折出售，价钱便宜了整整一半。当我和孩子发现了这个秘密后，这家面包房便成为了我们常常光顾之地，对于馋嘴的孩子，这里如同游戏厅一样充满诱惑。

那时，售货员常常只剩下了一个人值班，坚守到把面包和蛋糕都卖出去。这是一个年轻姑娘，顶多二十三四岁的样子，有点儿胖，但圆圆脸膛，大眼睛，还是挺漂亮的。每次去，几乎都能够碰见她，孩子总要冲她阿姨阿姨叫个不停，我要买这个！我要买那个！静静的面包房，因为我们的闯入，一下子热闹起来。她站在柜台里，听孩子小鸟闹林一般的叫唤不停，静静望着孩子，目光随着孩子一起在跳跃。

渐渐地，彼此都熟了。我们进门后，她会笑吟吟地对我们说：今天来得巧了，你们爱吃的黑森林还有一个没卖出去，等着你们呢！或者，她会惋惜地对我们说：黑森林卖没了，这个巧克力慕斯也不错，要不，你们可以尝尝这个绿茶蛋糕，是新品种。一般，我们都会听从她的建议，总能尝新，味道确实很不错。花一半的钱，买双倍的蛋糕或面包，物超所值，还有这样一个和蔼可亲又年轻漂亮的阿姨，孩子更愿意到那里去。

有时候，我们来得早了点儿，她会用漂亮的兰花指指指墙上的挂钟，对我们说：时间还没到呢！屋子不大，这时候客人很少，有时根本没有，她就让我们在仅有的一对咖啡座上坐一会儿，严守时间。等到挂钟的时针指向七点的时候，她会冲我们叫一声：时间到了！孩子会像听到发号令一样，先一步蹿上去，跑到柜台前，指着他早就瞄准好的蛋糕和面包，对她说要这个！她总是笑吟吟地看着孩子，听着孩子麻雀一样叽叽喳喳地叫个不停，然后用夹子把蛋糕和面包夹进精美的盒子里，用红丝带系好，在最上面打一个蝴蝶结，递到我们的手里，道声再见后，望着我们走出面包房。有一次，她有些羡慕地对我说：这孩子多可爱呀，有个孩子真好！

面包房伴孩子度过了童年，在孩子小学三年级的时候，那一年的暑假，我们去面包房几次，都没有见到她。新的售货员一样很热情，买好蛋糕和面包,走出面包房,孩子悄悄地问我:怎么那个阿姨不在了呢?会不会下岗了呀?那时,他们班上好几个同学的家长下岗,阴影覆盖在同学之间,孩子不无担心。面包房里这个好心漂亮的阿姨,是看着他长大的呀。

下一次来买面包的时候,我问新的售货员原来总值晚班的那个胖乎乎的售货员哪儿去了,怎么好长时间没见了?新售货员告诉我:她呀,生孩子,在家休产假呢!不是下岗,孩子放心了。那天,多买了一个全麦的面包,里面夹着好多核桃仁,嚼起来,很香。

等我再见到她,大半年过去了,孩子已经升入四年级,一个学期都快要结束了。我对她说听说你生小孩了,恭喜你呀!她指着我的孩子说:这才多长时间没见,您看您这孩子长这么高了!什么时候,我那孩子也能长这么大呀!我开玩笑对她说:你可千万别惦记着孩子长大,孩子真的长大,你就老喽!她嘿嘿地笑了起来说:那也希望孩子早点儿长大!

时光如流,一转眼,我的孩子到了高考的时候,功课忙,很少有时间再和我一起去面包房,偶尔去一趟,仿佛是特意陪我一样。特别是考入大学,交了女朋友之后,晚上要去的地方很多,比如,图书馆、咖啡馆、电影院、旱冰场、大卖场等等,面包房已经如飞快的列车驰过掠在后面的一棵树,属于过去的风景了。只有我常常晚上不由自主地转到长安街,拐进面包房。

这期间，面包房搬了一次家，从东边往西移了一下，不远，也就几百米的样子，门口装潢一新，还有霓虹灯闪耀。里面稍微大了一些，但还是很局促，不变的是，值晚班的还常常是这个胖乎乎的姑娘，不过，我是总这样叫她姑娘，其实，她已经变成了一位中年妇女了。没变的，是蛋糕和面包的味道，还保持原有的水平，只是价钱悄悄地涨了几次。

有一天，我去面包房，见我又只是一个人，她替我装好蛋糕和面包，问我：您的孩子怎么好长时间没跟您一起来了？我告诉她孩子上大学了。她点点头，然后笑着对我说：等再娶了媳妇就忘了爹娘，更不会跟您一起来了呢！我也跟着一起笑了起来。回家见到孩子后，我把她的话告诉给孩子听，孩子一下子很感动，对我说：您说咱们不过只是到她那里买打折的面包和蛋糕，这么长时间了，她还能记得我，这阿姨真的不错！我也这样认为，世上人来来往往，多如过江之鲫，莫说是萍水相逢了，就是相交很长时间的老朋友，有的都已经淡忘，如烟散去，何况一个面包房和你毫无关系的姑娘！

星期天，孩子专门陪我去了一趟面包房，一进门叫声阿姨，她抬头一望，禁不住说道：都长这么高了！又说你要的黑森林今天没有了。孩子说没关系，买别的。然后，两个人一个挑蛋糕和面包，一个往盒子里装蛋糕和面包，谁都没再说什么，但他们彼此望着，很熟悉，很亲近，那一瞬间，仿佛一家人。那种感觉，是我来面包房那么多次，从来没有过的。

有时候，我会奇怪地问自己：一个人，一辈子要走的地方很多，去的场所很多，一个小小的面包房，不过是你生活中偶然的邂逅，为什么会让你涌出了这样亲近、亲切又温馨的感觉？其实，哪怕是一棵树，和你相识熟了，也会有这样的感觉的，何况是人，因为熟悉了，又是彼此看着长大，在岁月的年轮里，融入了成长的感情，所买和所卖的面包和蛋糕里便也就融入了感情，比巧克力奶油慕斯或起司的味道更浓郁。

孩子大学毕业就去了美国留学，孩子走后，我很少去面包房。倒不是家里缺少了一只馋嘴的猫，少了去面包房的冲动，更主要的是自己也懒了，老猫一样猫在家里，不愿意走动，其实就是老了的征兆。那天，如果不是老妻要过本命年的生日，我还想不起面包房。生日的前一天，我对老妻说：我去面包房买个蛋糕吧！才想起来，孩子去美国几年，就已经有几年没有去过面包房了，日子过得这么快，一晃，七年竟然如水而逝。

那天的晚上，北京城难得下起了雪，雪花纷

纷扬扬的，把长安街装点得分外妖娆。老远就能看见面包房门前的霓虹灯在雪花中闪闪烁烁眨着眼睛，走近一看，才发现门脸新装修了一番，门东侧的一面墙打开，成了一面宽敞明亮的落地窗。走进去一看，今天难得的热闹，竟然有三个漂亮年轻的女售货员挤在柜台前，蒜瓣一样紧紧地围着一个二十来岁的姑娘，叽叽喳喳地说得正欢。扫了一眼，没有找到我熟悉的那个胖乎乎的售货员。因为去的时间早，还有十来分钟到七点，我坐在一旁，边等边听她们说话。听明白了，这个姑娘和我一样，也是等七点钟买打折蛋糕的。还听明白了，是给她的妈妈买生日蛋糕的。又听明白了，她的妈妈就是面包房里那三位女售货员的同事，她们其中的两位是从面包房后面的车间特意跑出来，聚在一起，正在帮姑娘参谋，让她买蛋糕之后再买几个面包，并对小姑娘说：你妈妈在这里工作了这么多年，都是值晚班卖打折的面包和蛋糕，自己还从来没买过一回呢！你得多买点儿！

七点钟到了，我走到柜台前，玻璃柜里只有一个黑森林蛋糕，一位售货员对我说：对不起，这个蛋糕已经有主儿了！她指指身边的姑娘。我说那当然！然后，我对姑娘说：你妈妈我认识！姑娘睁着一双大眼睛，奇怪地问我：您认识我妈？我肯定地说：当然！小姑娘更加奇怪地问：您怎么认识的？我笑着对她说：回家问问你妈妈就知道了！就说一个常常带着一个孩子来这里买蛋糕和面包的叔叔，祝她生日快乐！她还是有些疑惑，也是，几十年的岁月是一点点流淌成的一条河，怎么可以一下子聚集在一杯水里，让她看得清爽呢？我再次肯定地对她说：你回家和你妈妈一说，你妈妈就会知道的！

　　姑娘买好蛋糕和面包，走出面包房，身影消失在风雪之中，我转身问那三个售货员：她的妈妈是不是你们面包房里那个胖乎乎的售货员？她们都惊讶地点头，问我：您是她以前的老师吧？我笑而不答。她们告诉我她今年刚刚退休。这回轮到我惊讶了：这么早？她才多大呀！她们接着说：我们这里50岁退休。竟然50岁了！就像她看着我的孩子长大一样，我看着她的青春在面包房里老去，生命的轮回在我们彼此的身上，面包房就是见证。

贝壳

从玩具的变化可以看到世界的发展真是神速。现在的玩具，已经可以虚拟，到电脑上玩了，花样层出不穷，刀光剑影，过关斩将，可谓惊心动魄。不要说我小时候了，那时的玩具有什么呀，记得大院里有钱人家的女孩子抱着一个眼睛能眨动的布娃娃，就足让我们瞠目结舌，算是奇迹了；而我们男孩子只能蹲在地上撅着屁股玩弹球，或者是拍洋画；滚铁环，抽陀螺，都得爹妈给点儿钱才行。

我有了孩子以后，孩子拥有的玩具，已经和我小时候不可同日而语了。记得给儿子买的第一个自己会动的玩具，是一个大象转伞，一头大象拉着一辆小车，车上支着一把伞，只要往大象的身上安上电池，大象就可以拉着车转动，车一转，彩色的伞就会漂亮地打开，这是那时候很新鲜的玩具了。

儿子五岁那一年的夏天，他的玩具发生了根本性的变化。那一年的夏天，我去了一趟深圳。那时，深圳的建设刚刚起步，沙头角

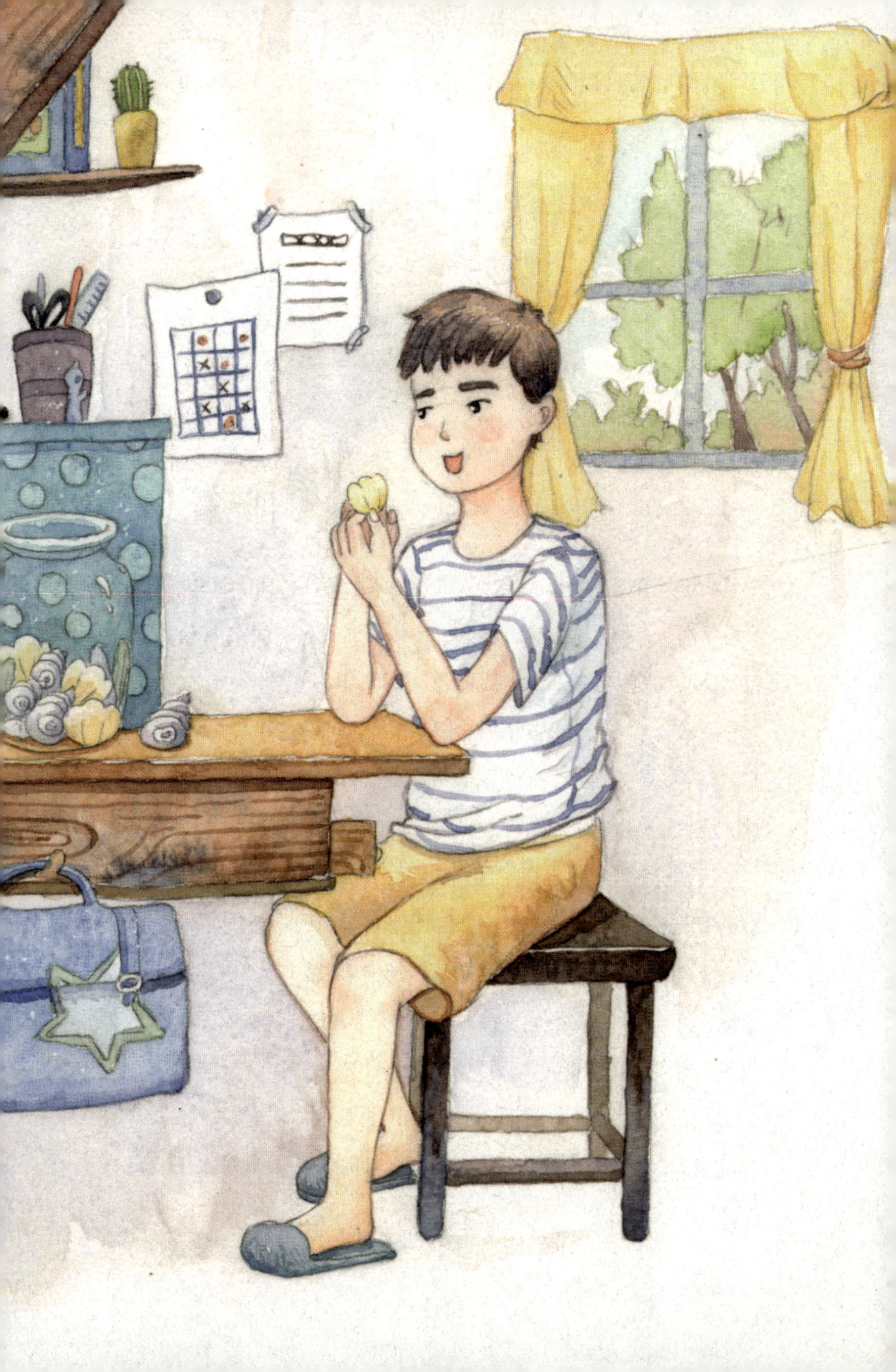

去玩。小汽车在公园的空地上尽情地奔跑，一直能奔跑到远处的草坪中，像兔子似的钻进草丛中出不来。看着孩子用遥控器控制着汽车左右前后地奔突的样子，才会明白不同的玩具带给孩子的欢乐是多么的不同。小汽车上面的天线在风中颤巍巍像小手一样向他挥舞抖动，让孩子兴奋不已，欢叫声和小汽车的喇叭声此起彼伏。

还是那一年的春节，友谊商店破例可以不用外汇券卖货几天，但是需要有入场券，我得知消息找到入场券，带着儿子马不停蹄去买玩具。大概是这个遥控小汽车闹的，让孩子对这种现代化的玩意儿越发感兴趣。当然，也是不断变化的玩具，让孩子个个都变得喜新厌旧。从那些平常只卖给洋人的小孩或手持着外汇券准洋人的小孩的众多玩具中，孩子挑选了一种红外线打靶枪，那枪离靶几米远，只要对准靶心，扣动扳机，红外线就可以让面前的靶心中的红灯闪亮，同时鸣响起轻快的声音。

家里有了这样一把枪和一辆车，儿子可以威风凛凛，持着枪，开着车，在房间里横冲直撞，畅通无阻，简直像个西部牛仔。儿子在那一年成了暴发户，玩具一下子多了好几件，而且从电动到遥控到红外线一步几个台阶地飞跃。

如今，儿子已经长大，他自己的孩子都长到他当年玩遥控小汽车和红外线打靶枪一样的年龄了。我对他说起这些玩具，他居然已经都不大记得了。这让我有些奇怪，便问他还记得小时候玩的什么玩具呢？

他说让他记忆犹新的玩具，是家里存放的那些贝壳。这让我更有些惊奇。比起那些电动的、红外线的玩具，贝壳如果也算玩具的话，大概是孩子最简单甚至是最原始的玩具。这些贝壳不是买的，许多是他自己从海边捡回来的，一些是朋友送给他的。那时，他都一一查出了它们的名字，然后把名字写在小纸条上，贴在贝壳上，熟悉得像是自己的朋友，然后让妈妈帮助他把其中一些诸如东方鹑螺、唐冠螺、竖琴螺、夜光蝾螺、焦棘螺、虎纹贝……他珍爱的贝壳放在盒中，摆放在柜子里，可以天天和他对视对话，彼此诉说着关于大海和童年许多有趣的事情。

有意思的是，去年，他到法国工作半年，带着他的孩子一起住在那里，放假的时候，他和孩子最喜欢到海边去拾贝壳。一起在退潮的沙滩上寻找贝壳，孩子有意外发现之后的大呼小叫，大概让他想起了自己的童年。半年之后，他和孩子拾了满满两大瓶贝壳，沉甸甸地带回北京，全部倒在桌子上给我看，然后听他的孩子如数家珍般细数每一粒贝壳是从哪里的海边捡到的，那股子兴奋劲儿，让我想起了儿子小时候。

时代的发展，日新月异的玩具变化，带给新一代孩子们更多新颖神奇数字化高科技的惊喜，令他们应接不暇，很容易将过去一代的玩具视为老掉牙乃至不屑一顾。比如，这些贝壳，无论如何也不会比那些电子玩具更对孩子有吸引力。我很高兴，儿子和他的孩子居然都很珍惜这些并不起眼的贝壳。

重回土城公园

门口变得很窄，为防止自行车进入，曲形铁栏杆的入口只能容一个人进出。迎面原来是一片地柏，已经没有了，右手一侧的土高坡还在，那就是元大都的城墙，土城因此得名。三十二年前，我家住在土城旁边，走路两分钟就到。这一道土城如蛇自东向西迤逦而来，上面只有稀疏零落的树木和荆棘，风一刮，暴土扬尘，名副其实的土城。四围正在修路，土城公园也在绿化布局。那时候，我的孩子才四岁多一点，土城公园成为了他的乐园，几乎天天到那里疯玩。一直到他读小学四年级，我们搬家，他转学，离开了这片他儿时的乐园。

今年夏天，孩子从美国回来，想去看看他的这片儿时的乐园。他自己的孩子都到了当年他自己最初见到土城公园的年龄，直让人感慨流年暗换之中人生的轮回。

我陪孩子重回土城公园，正是合欢花盛开的时节。记得那时候

进得公园穿过土城，下坡处的一片空地上，便栽有好几株合欢，这是土城公园留给我最深的记忆。合欢盛开的夏天，我曾经指着开满一片绯红云彩的合欢树，对刚刚读小学的孩子说：这树的叶子像含羞草，到了晚上就闭合，第二天白天自己又会张开。孩子眨眨眼睛，不信，晚上一个人从家里悄悄跑来，看到满树那两片穗状的叶子果真闭合了，兴奋异常，像发现了新大陆。

从四岁多到十一岁读四年级时转学，孩子未到土城公园已经二十六年。我也二十六年未到土城公园了。对于孩子，成长的背景中，土城公园是浓墨重彩的一笔；对于我，因对于孩子曾经的重要性而连带得成为我人生之书一页色彩浓郁的插图。

有时候，大人其实很难理解孩子的心。对于事物的好与坏、高级与低级、好玩与不好玩、平常与不平常、丰富与简陋……孩子的价值标准和家长的并不一样。孩子大学毕业离开北京到美国读书后，我曾经翻看他留下的日记和作文，那里有许多地方不厌其烦地记述着、诉说着、倾吐着、回忆着、留恋着土城公园那一片他童年的天地，令我格外惊讶，没有想到家楼后面这座普通的土城公园，对于一个小孩子的成长，居然作用如此巨大。对于一个独生子女，土城公园，不仅成为陪伴他玩耍的伙伴，也成为伴随他成长的一位长者或老师，甚至像童话里的魔术师，可以点石成金，瞬间怒放能装满衣袋他正渴望的满天星斗。

小时候，我家楼后便是元大都遗址，虽也算是文化古迹，其实没什么可以游览的，只有一座不高的山坡和树木了。但那里昆虫特别多，也就成了我的乐园。童年像梦一样，我的童年是这在大自然中和小动物们一起度过的。夏天，是我最快乐的时候。因为昆虫在这时候特别多。

雨前捉蜻蜓、午后粘知了、趴在草丛里逮蚂蚱、找来桑叶喂蚕宝宝……最有趣要算是捉瓢虫了。我钻进铁栏杆，就来到元大都遗址的后山，树荫下是一片小草，草尖是青的，草根是绿的，草中夹杂着蒲公英，黄色的小花像米梦随意撒了几点黄。远远地，就能看见在那绿和黄中间零星的几点红，走近了，这就是瓢虫，像玩魔术一样和我捉迷藏。蹲下身，睁开眼，啊，就在身边的花上、草上呢！瓢虫的壳大多是红色的，但壳上星的多少却不同，有一星、二星、七星、二十八星的，星数决定了它们的种类，二十八星的

是害虫。小时候，富于正义感，这片草地就是我伸张正义的舞台。小心地把瓢虫从草叶山和花中挑出来，仔细地数它们背上的星。小孩的心总是更善良，生怕害了好人，如果是二十八星的，我就就地处决，攥起小拳头狠狠地说："让你吃小草！"心里轻松极了，像做了一件大好事，大快我心。有一次错害了七星的，心里真实难过了好几日，发誓下次要再认真数星星。如果是七星的，我就一只只捉来，攒到一大把，张开手向天空一扔，就像放了星星，放飞了一颗颗红色太阳。天便红了，脸也红了，我便醉了，醉在漫天飞舞的瓢虫之中了……

这是孩子初三时的日记。说实话，看完之后，我很感动。只有孩子才会有这种感情。我们大人还能有这种心境吗？我会精心去数二十八星的瓢虫然后把它们就地处决吗？我能放飞那一只只七星瓢虫而感觉出是在放飞一颗颗红太阳吗？在孩子童年那些岁月里，我和孩子其实是一样天天也从那片土城公园走过，我却从未看见过一只瓢虫，自然也就看不见漫天飞舞的红太阳的童话世界了。

  小时候，家里没什么玩具，更没什么游戏机。和我相伴最多的也是我最爱的就是楼后元大都土坡上的树、草和树间、草间的小生命了。或许，小孩都是爱小动物的，望着、捉着那些小生命，总让我想起普里什文和列那尔写过的树林和动物的文字，幻想着身边的这个废弃的小土坡会不会变成文中写的那种样子呢？晚上会不会也"没来由地飘下几片雪花，像是从星星上飘下来的，落在地上，被电灯一照，也像星星一般闪亮"？晚上十点左右，会不会"所有的白睡莲也会各个争炫斗巧，河上的舞会就开始了"呢？……那里不高的山坡，山上那一片浓郁的树林和山下几丛常绿的地柏，以及藏在草丛里那些小生命，就是我童年全部美好的回忆了。它影响我整个的审美情趣和对人生理想的探求方向。我认为我童年美好的一切都在那一片不大的公园、一座不高的山上山下了。

这两段日记，给我留下很深的印象，在去土城公园的路上，再一次想起。我和孩子一路都没有说话,不知道他的心里是否也想起了他自己写过的话?只看见他带着他的孩子跑进公园,先爬上了土城墙,像风一样,从这头一直跑到了那头,然后,从那头走下来。公园里的树木都长高了,长密了,浓荫匝地,将燥热的阳光都挡在外面,偶尔从树叶缝隙筛下来几缕阳光,也变成绿色,如水轻轻荡漾,显得格外轻柔凉爽。远远地,看着他领着孩子,从浓密的树荫下一步三跳地向我走过来的情景,仿佛走来的是我领着读小学的他。人生场景的似曾相识,在重游故地时会格外凸显,仿佛真的可以是昔日重现,却已经是人事有代谢,往来成古今。不过,土城公园,确实对于孩子不可取代,起到了家里父母和学校老师起不到的作用。是它让孩子能够学会听得懂小虫子的语言,看得懂花的舞蹈,嗅得到树木的呼吸,和七星瓢虫对话,幻想着树林中童话和河上的舞会……

可惜,孩子没有找到他童年最心爱的七星瓢虫,他带着他的孩子在他童年曾经非常熟悉的草丛中仔细寻找了好多遍,都没有找到。

我也没有看到一株合欢树。公园入门后下坡处那一片空地上,没有了。我沿着公园找了一圈,没有找到。

喝得很慢的土豆汤

那天下午两点多，我和妻子路过北大，因为还没有吃午饭，忽然想起儿子曾经特意带我们去过的一家朝鲜小馆，就在附近，离北大的西门不远，一拐弯儿就到，便进了这家朝鲜小馆。

大概由于早过了饭点儿，小馆里没有一个客人，空荡荡的，只有风扇寂寞呼呼地吹着。一个服务员，是个胖乎乎的小姑娘走了过来，把我们领到靠窗的风扇前坐下，说这里凉快，然后递过菜谱问我们吃点儿什么。我想起上次儿子带我们来，点了一个土豆汤，非常好吃，很浓的汤，却很润滑细腻，微辣中有一种特殊的清香味儿，湿润的艾草似的撩人胃口。不过已经过去了两个多月的时间，我忘记是用鸡块炖的，还是用牛肉炖的了，便对妻子嘀咕："你还记得吗？"妻子也忘记了。

儿子在北大读书的时候，常常和同学到这家小馆里吃饭。由于是 24 小时营业，价格和朝鲜风味又都特别对他们的口味，非常受他

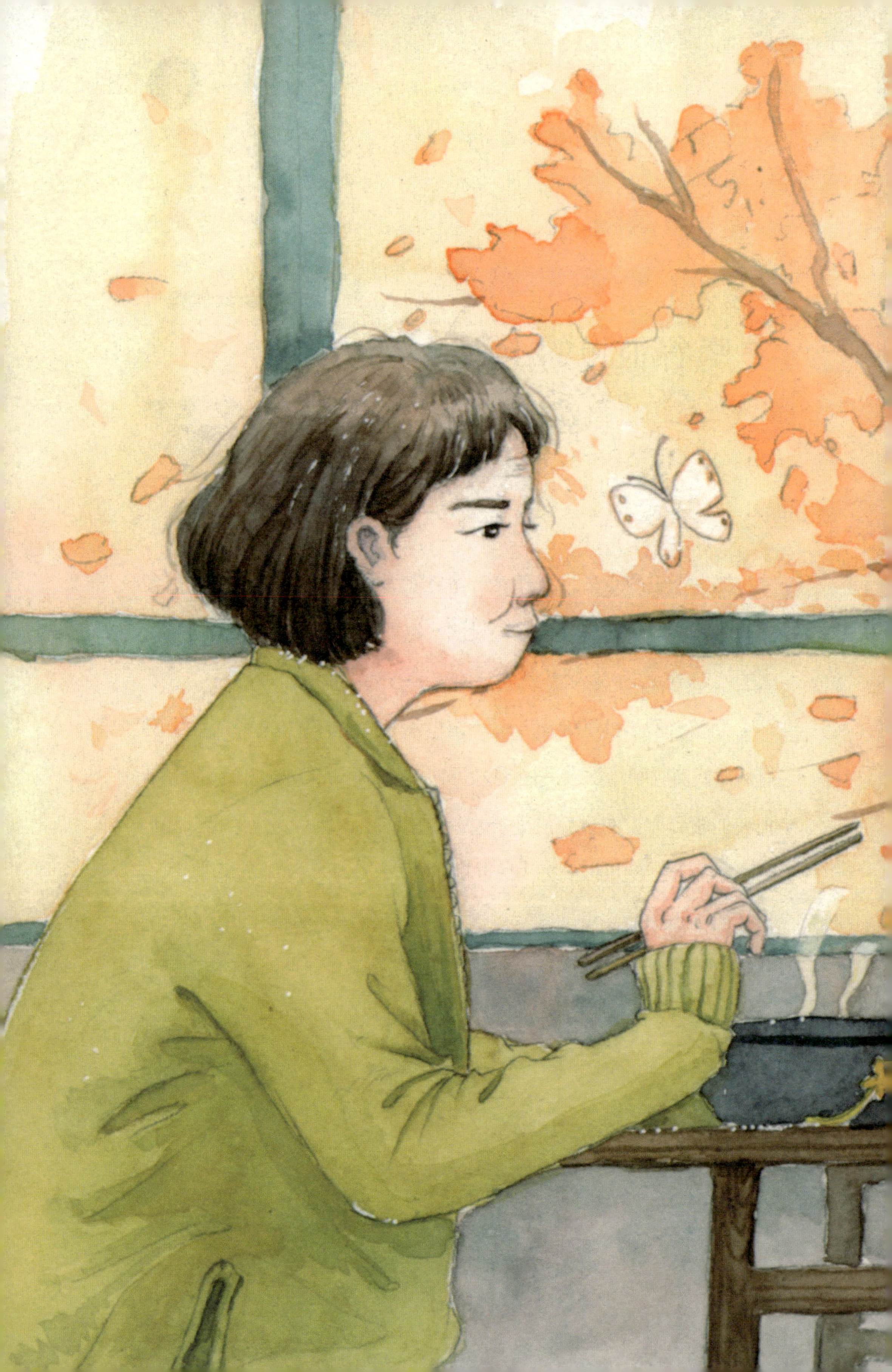

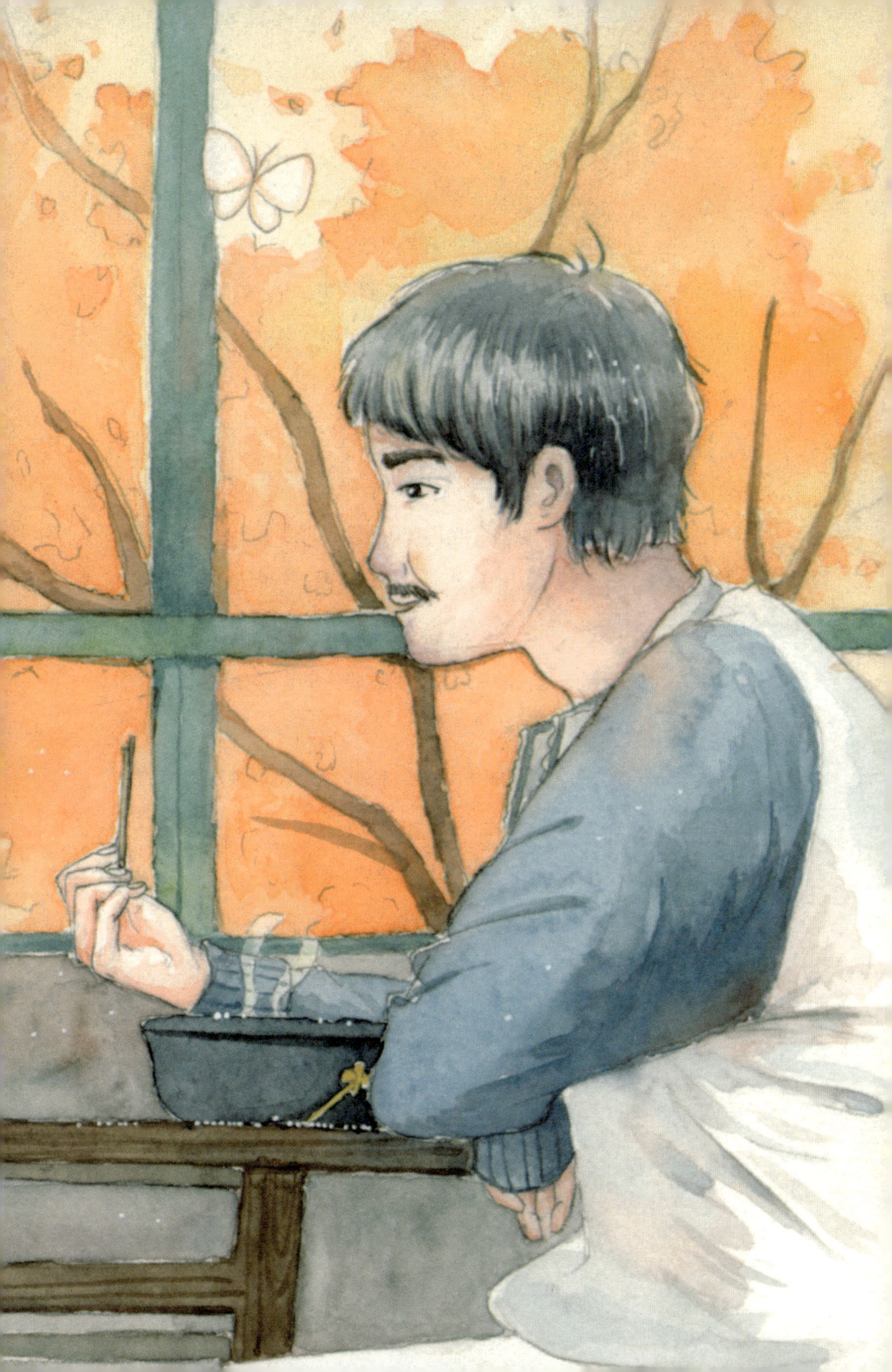

们的欢迎，对这里的菜当然比我们要熟悉。大学毕业，儿子去美国读研，放假回来，和同学聚会，总还要跑到这里，点他们最爱吃的菜。可惜，儿子假期已满，又回美国接着读书去了，天远地远，没法子问他了。

没有想到，小姑娘这时对我们说道："上次你们是不是和你们的儿子一起来的，就坐在里面那个位子？"她说着一口比赵本山还浓郁的东北话，用胖乎乎的小手指了指里面靠墙的位子。

我和妻子都惊住了。她居然记得这样清楚，那时，我们和儿子确实就坐在那里。

我更没有想到的是，她接着用一种很肯定的口吻对我们说："那次你们要的是鸡块炖土豆汤。"

这样地肯定，让我心里相信了她，不过，我开玩笑地对她说："你就这么肯定？"

她笑了："没错，你们要的就是鸡块炖土豆汤。"

我也笑了："那就要鸡块炖土豆汤。"

她望望我和妻子，像考试成绩不错得到了赞扬似的，高声向后厨报着菜名："鸡块炖土豆汤！"高兴地风摆柳枝走去。

刚才和小姑娘的对话，让我和妻子在那一瞬间都想起了儿子。思念，变得一下子那么近，近得可触可摸，就在只隔几排座位的那个位子上，走过去，一伸手，就能够抓到。两个多月前，儿子要离开我们回美国读书的时候，特意带我们到这家小馆，让我们尝尝他和他的同学的青春滋味。那一次，他特别向我们推荐了这个鸡块炖土豆汤，他说他和他的同学都特别爱喝，每次来都点这个土豆汤，让我们一定要尝尝。因为儿子临行前的时间安排得很满，我和妻子知道，那一次，也是他和我们的告别宴。所以，那一次的土豆汤，我们喝得格外慢，边聊边喝，临行密密缝一般，彼此嘱咐着，诉说着没完没了的话，一直从中午喝到了黄昏，一锅汤让服务员续了几次汤，又热了几次。许多的味道，浓浓的，都搅拌在那土豆汤里了。

不过，事情已经过去了两个多月，我都忘记了到底喝的什么土豆汤了，这个胖乎乎的小姑娘居然还能够如此清楚地记得我们喝的是鸡块炖土豆汤，而且记得我们坐的具体位置，真让我有些奇怪。小馆24小时营业，一直热闹非常，来来往往那么多的客人，点的那么多不同品种的菜和汤，她怎么就能够一下子记住了我们，而且准确无误地判断出那就是我们的儿子，同时记住了我们要的是什么样的土豆汤？这确实让我好奇，百思不解。

汤上来了，鸡块炖土豆汤，浓浓的，热气缭绕，清香味扑鼻，抿了一小口，两个多月前的味道和情景立刻又回到了眼前，熟悉而亲切，仿佛儿子就坐在面前。

"是吧，是这个土豆汤吧？"小姑娘望着我，笑着问我。

"是，就是这个汤。"

然后，我问小姑娘："你怎么记得我们当初要的是这个汤？"

她笑笑望望我和妻子，没有说话，转身走去。

那一天下午的土豆汤，我们喝得很慢。

结完账，临走的时候，小姑娘早早地等候在门口，为我们撩起珠子串起的门帘，向我们道了声再见。我心里的谜团没有解开，刚才一边喝着汤一边还在琢磨，小姑娘怎么就能够那么清楚地记得我们和儿子那次到这里来吃饭坐的位置和要的土豆汤？总觉得一定是有原因的。那么，是什么原因呢？是因为那一次我们的土豆汤喝得太慢，麻烦让她来回热了好几次的缘故，让她记住了？还是因为来这家小馆的大多是附近年轻的大学生，一下子出现我们这样大年纪的客人，显得格外扎眼？我不大甘心，出门前再一次问她："小姑娘，你是怎么就能记住我们要的是鸡块炖土豆汤的呢？"

她还是那样抿着嘴微微地笑着，没有回答。

我只好夸奖她："你真是好记性！"

一路上，我和妻子都一直嘀咕着这个小姑娘和对于我们有些奇怪的土豆汤。星期天，和儿子通电话时，我对他讲起了这件事，他也非常好奇，一个劲儿直问我："这太有意思了，你没问问她到底是怎么回事吗？"我告诉他："我问了，小姑娘光是笑，不回答我为什么呀。"

被人记住，总是一件让人高兴的事，不过，对于我们一家三口，这确实是一个谜。也许，人生本来就有许多解不开的谜，让生活充满着迷离的想象，让人和人之间有着神奇的交流，让庸常的日子有了温馨的念想和悬念。

又过去了好几个月，树叶都渐渐地黄了，天都渐渐地冷了。那天下午，还是两点多钟，我去中关村办事，那家小馆，那个小姑娘，和那锅鸡块炖土豆汤，立刻又从沉睡中苏醒过来似的，闯进我的心头。离着不远，干吗不去那里再喝一喝鸡块炖土豆汤？便一拐弯儿，又进了那家小馆。

因为不是饭点儿，小馆里依然很清静，不过，里面已经有了客人，一男一女正面对面坐着吃饭，蒸腾的热气弥漫着他们的头顶。见我进门，一个小伙子迎上前来，让我坐下，递给我菜谱。我正奇怪，服务员怎么换成男的，那个小姑娘哪里去了？扭头看见了那一对面对面坐在那里吃饭的人中的那个女的，就是那个胖乎乎的小姑娘，她对面坐着的是一个年龄大约四五十岁的男人，看那模样长得和小姑娘很像，不用说，一定是她的父亲。她也看见了我，向我笑笑，算是打了招呼。

我要的还是鸡块炖土豆汤。因为炖汤要一些时间，我走过去和小姑娘聊天，看见他们父女俩要的也是鸡块炖土豆汤。我笑了，她也笑了，那笑中含有的意思，只有我们两人明白，她的父亲看着有些蹊跷。

我问:"这位是你父亲?"

她点点头,有些兴奋地说:"刚刚从老家来。我都和我爸爸好几年没有见了。"

"想你爸爸了!"

她笑了,她的父亲也很憨厚地笑着,望望我,又望望女儿。

难得的父女相见,我能想象得出,一定是女儿跑到北京打工好几年了,终于有了父女见面的机会,是难得的。我不想打搅他们,走回自己的座位,要了一瓶啤酒,静静地等我的土豆汤。我的心里充满着感动,我忽然明白了,这个小姑娘当初为什么一下子就记住了我们和儿子,记住了我们要的土豆汤。人同此情,情同此理,没有比亲人之间分别的思念和相逢的欢欣,更能够让人感动和难忘的了。亲情,在那一刻流淌着,泅湿了所有的时间和空间的距离。

土豆汤上来了,抬头一看,我没有想到,是小姑娘为我端上来的。我还没有责怪她怎么不陪父亲,她已经看出了我的意思,先对我说:"我们店里的人手少,老板让我和我爸爸一起吃饭,已经是很不错了。"和上次她像个扎嘴的葫芦大不一样,小姑娘的话明显多了起来。说罢,她转身走去,走到她父亲的旁边,从袅娜的背影,也能看出她的快乐。

那一个下午,我的土豆汤喝得很慢。我看见,小姑娘和她的爸爸那一锅土豆汤喝得也很慢。

青木瓜之味

大约是四年前初春的一个星期天下午，我去邮局发信。邮局离我家不远，过了马路，走两三分钟就到。就在要到邮局的时候，一个年轻的女子和我擦肩而过。忽然，她停住脚步，回头看了我一眼。那一眼的眼神很亲切，也有些意外的惊奇，仿佛认出了一个熟人而与之邂逅相逢。那眼神闹得我以为真的碰见了什么认识的人，便也禁不住停住脚步，看了她一眼：年龄不大，也就二十出头，模样清爽，中等身材，瘦削削的。看她的装扮，初春时节还穿着一件臃肿的棉衣，就猜得出是一个外地人，大概是打工妹。我仔细地想了想，从来没有见过这么个人，她肯定是认错了人。于是，我笑笑自己的自作多情，向邮局走去。

我走了没几步，她从后面跑了过来，跑到我的面前，这让我很吃惊，不知碰见了什么人。只听见她用南方那种绵软的声音仔细而小心翼翼地问我："你是不是肖复兴老师？"我越发的惊讶，她居然叫出了我的名字，木讷在那里，近乎机械地点了点头。

她一下子显得很兴奋，接着说："刚才你迎面向我走来，我看着你就像。我读中学的时候就看过你写的书，你和书上的照片很像。真没有想到怎么这么巧，今天在这里遇见了你！"

原来是一位读者，大概她这番热情的话，很能够满足我的虚荣心，尤其是听她说她喜欢我写的一些东西，特别是说她读中学的时候读我写的东西对她有帮助，一直忘不了……我就像小学生爱听表扬似的，立刻有些发晕，找不着了北，站在街头和她聊了起来，一任身边车水马龙喧嚣。

从她那话语中，我渐渐地听明白了，她从小在南方农村长大，中学毕业，没有考上大学，家里生活困难，就跟着乡亲来到了北京打工，住的地方离我家不算太远，要走半个小时左右，今天星期天休息，她是刚刚到邮局给家里寄钱，并发了一封平安家信。虽是萍水相逢，只是些家常话，我却感到她像是在掏心窝子，一下子竟有些感动，没有想到只是写了一些平常的东西，能够让心拉近，距离缩短，心里想也应该说是如今没什么用处的文学的一点特殊功能吧。于是，我进一步犯晕，沿着斜坡继续顺溜地下滑，不知对她的热情如何回报似的，竟然指着马路对面我家住的楼对她说："我家就住在那里，你有空，欢迎你到我家做客。"说着把地址写给了她。她高兴地说："太好了，我一定去！"

回到家后，我就把这件意外相逢的事情当做喜帖子，向家里的人讲了，不想立刻遭到全家一盆冷水浇头，纷纷说我："你以为你遇到了知遇知音呢？别是个骗子吧？""可不是，现在骗子可多着呢，你可别忘了狐狸说几句赞扬的话，是为了骗乌鸦嘴里的肉。""什么？你还把咱家的地址告诉了人家？你傻不傻呀？你就等着人家上门找到你头上来骗你吧！""要真是找上门来，骗几个钱倒没什么，可别出别的事！"……

一下子，说得我发蒙。我一再回忆街头和那个年轻女子的相遇和交谈，不像是个狐狸似的骗子呀，再说，她肯定是读过我写的书，要不也说不出书名，并且能够对照着书上的照片认出我来呀。但家里的人说得也没有错，谁也不会把骗子两字写在脑门上，高明的骗子现在越来越多，防不胜防。这么一想，我心里连连后悔，而且不禁有些发虚，嘲笑自己如此可笑，禁不住两碗迷魂汤一灌，就如此容易轻信上当，真是百无一用是书生。一连多天，都有些提心吊胆，怕房门真的被敲响，开门一看，是这个年轻的女子登门拜访，后果不可收拾，不堪设想。

好在一连好多天过去了，都平安无事。

时间一长，这件事情渐渐被淡忘了。偶尔提起，被家人当作笑话嘲笑我一番。我心里想，即使不是骗子，也只是街头的一次巧遇或萍水相逢，别再犯傻了，被人家两句过年话一说就信以为真。即使人家不骗你，没准还怕你骗人家呢。

　　将近一年过去了，春节过后，我们全家从天津孩子的姥姥家过完年回家，刚上电梯，开电梯的老太太对我说："你先等我一会儿，前两天有人来找你，你没在家，把带来的东西放在我这里了。"开电梯的老太太是个热心人，住在楼里的人要是不在家，来人送的信件、报纸或其他的东西，都放在她这里。她家就住在楼下，不一会儿，她就拿来一包用废报纸包着的东西。回家打开包一看，是两个青青的木瓜。木瓜的旁边有一张小纸条，上面写着两行小字，大概意思是你还记得吗，我就是那天在邮局前和你相遇的人，我一直想来看你，工作太忙了，一直没有时间。我过年回家带给你两个木瓜，是我家自己种的，只是一点心意。祝你写出更多更好的作品！下面没有写下她的名字，只是写着：一个你的读者。

　　全家都愣在那里，谁都说不出一句话来。

　　我永远也不会忘记这个年轻而真诚的女子，不会忘记这件事情，不会忘记这两个木瓜。总记得切开木瓜时候的样子，别看皮那样的青，里面却是红红的，格外鲜艳，特别是那独有的清香味道，在房间里飘曳着，好多天没有散去。

大年夜

我家住的小区里，有家理发店，十四年前，我刚住进这个小区，它就存在。十四年来，花开花落，世事如风，变迁很大，它的老板始终是一个人。什么事情，能够坚持十四年恒定不变，都不容易，都会老树成精的。

因为常去那里理发，我和这位老板很熟，知道每年春节前是他生意最好的时候，他会坚持到大年三十的晚上，一直送走最后一位客人，然后回江西老家过年。他买好了大年夜最后一班的火车票，他说虽然赶不上吃大年夜的团圆饺子，但这一天车票好买，火车上很清静，睡一宿就到家了。

今年年前，因为有些事情耽搁了，我一直到了大年三十的晚上，才去他那里理发。因为去的时间毕竟晚了，进门一看，伙计们都已经下班，店里只剩下他一人，正要拔掉所有的电插销，关好水门和煤气的开关，准备关门走人了。他热情地和我打过招呼，把电插销

重新插上，拿过围裙，习惯性地掸了掸理发椅，让我坐下。我有些抱歉地问他会不会他耽误他乘火车的时间。他说没关系，理你的头发不费多少时间的。

我知道，理我的头发确实很简单，就是剪一下，洗个头，再吹个风。不到半个小时，就完活儿了。但毕竟有些晚了，还是有些抱歉。迎来送往的客人多了，理发店的老板都是心理学家，一般都能够看出客人的心思。他看出我的心思，开玩笑对我说，怎么我也得送走最后一个客人，这是我们店的服务宗旨。

就在他刚给我围上围裙的时候，店门被推开了，进来一位三十来岁的女人，急急地问：还能做个头吗？老板对她说：行，你先坐，等会儿！那女人边脱大衣边说，我一路路过好多家理发店都关门了，看见你家还亮着灯，真是谢天谢地。

等她坐下来，我隐隐地替老板担忧了。因为老板问她的头发怎么做，她说不仅要剪短，要拉直，而且关键是还要焗油，这样一来，没有一个多小时，是完不了活儿的。等她说完这番话时，我看见老板刚刚拿起理发剪的手犹豫了一下。

显然，她也看出来了老板这一瞬间的表情，急忙解释，带有几分夸张，也带有几分求情的意思说：求你了，待会儿，我得跟我男朋友一起去见他妈，我是第一次到他家，而且还是去过年。虽说丑媳妇早晚得见公婆，但你看我这一头

乱鸡窝似的头发，跟聊斋里的女鬼似的，别再吓着我婆婆！

老板和我都被她逗笑了。老板对她说：行啦，别因为你的头发过不好年，再把对象给吹了。

她大笑道：您还是真说对了，我这么大年纪，也是属于"圣（剩）斗士"了，找这么个婆家不容易。

我知道，时间对于老板的紧张，赶紧向老板学习，愿意成人之美，便让出了座位，对老板说：你赶紧先给这位美女理吧，我不用见婆家，不急。她忙推辞说，那怎么好意思！我对她说，老板待会儿还得赶火车。她说，那就更不好意思了。但我抱定了英雄救美的念头，把她拉上了座位，然后准备转身告辞了。老板一把拉住我说，没你说的那么急，赶得上火车的。正月不剃头，你今儿不理了，要等一个月呢！我只好重新坐下，对老板说，那你也先给她理吧，我等等，要是时间不够，就甭管我了。

那女人的感谢，开始从老板转移到我的身上。老板麻利儿地做完她的头发，让她焕然一新。都说人靠衣装马靠鞍，其实人主要靠头发抬色呢，尤其是头发真的能够让女人焕然一新。但是，时间确实很紧张了，老板招呼我坐上理发椅时，我对他说，不行就算，火车可不等人。老板却胸有成竹地说，没问题，你比她简单多了，一支烟的工夫就得！

果然，一支烟的工夫，发理完了。我没有让他洗头和吹风，帮他拔掉电插销，关好水门和煤气的开关，拿好他的行李，一起匆匆走出店门的时候，看见那女人正站在门前没几步远的一辆丰田RV4的旁边，挥着手招呼着老板。我和老板走了过去，她对老板说：上车，我送您上火车站。看老板有些意外，她笑着说，走吧，候着您呢。老板不好意思地说，别耽误了你的事，她还是笑着说，这时候不堵车，一支烟的工夫就到。

丰田车欢快地跑走了。小区里，已经有人心急地燃放起了烟花，绽放在大年夜的夜空，就像突然炸开在我的头顶，挺惊艳的。

四块玉和三转桥

　　四块玉，是元曲曲牌中的一个名字，也是北京胡同的一个名字。作为一条老胡同，这个名字在明朝就存在。当初，为这条胡同起名字的时候，是不是想起了元曲曲牌"四块玉"这个名字，只能是一种揣测和联想了。

　　我对四块玉这条胡同一直充满感情。二十世纪九十年代，我的儿子上小学四年级。他在光明小学读书，放学回家，抄近道，就是走西四块玉胡同。那时候，他刚刚学会骑自行车，骑得正来劲儿，特别愿意在这样弯弯曲曲的胡同里骑车，"游龙戏凤"般显示自己的车技。一天，下午放学，在西四块玉胡同一个拐弯儿的地方，看见前面走着一位老太太，他的车已经刹不住了，一下子撞上了老太太。老太太倒没有撞倒，老太太手里提着的一个篮子，被撞翻在地上，篮子里装满刚刚买来的鸡蛋，被撞碎了好几个。

　　孩子下了车，知道自己闯下了祸，心里有些害怕，除了一个劲儿的道歉，不知如何是好。老太太一看，是个孩子，把篮子拾起来，没有责怪他，只是对他笑笑，嘱咐他骑车要小心，就挥挥手让他走了。

那一年，孩子十一岁。这位老奶奶对他影响至深，他格外在意，对他人需要善意和宽容。以后，每一次走进四块玉胡同，他都会忍不住想起这位老奶奶，而且，不止一次地对我说起这位老奶奶。

三转桥，也是北京的一条老胡同的名字，没有四块玉好听。相传它有一座汉白玉的转角小桥的，但和四块玉无玉一样，它并没有桥。桥和玉，都只是它们的幻想。

三转桥离我读的汇文中学不远。读高三那一年，那时候，我才学会骑自行车，比儿子晚了八年。有一天中午，我借同学的自行车骑车回家吃午饭。回学校穿过三转桥的时候，撞上一个小孩，把小孩撞倒在地。我赶紧下车，扶他起来，倒是没有撞伤，但是，孩子的裤子被车刮开了一个大口子，孩子一下子就哭了起来。我忙哄他，问他家住在哪儿，就在附近不远，我把孩子送回家。一路走，心里沉重得像压着块大石头，毕竟把人家孩子撞倒了，把人家孩子的裤子撞破了。家里，只有孩子年轻的妈妈在，我向她说明情况，一再道歉，听凭发落。她看看孩子，对我说：没事，快上你的学去吧，待会儿我用缝纫机把裤子轧轧就好了！她说得那么轻巧，一下子就把我心里压着的那块石头搬走了。

我和儿子的成长道路上竟然有着这样多的相似。或许，是我们遇到的好人实在太多，让我和儿子都相信这个世界上尽管沙多金子少,但好人还是多于坏人的,善良多于邪恶的,宽容多于刻薄的。

我常想,如果当初那位年轻的母亲,不是说了那样轻松的话,就把我放走,而是非要让我赔她孩子的裤子的话,会是一种什么样的结果呢?同样,如果当初那位老奶奶,像现在常见的"碰瓷儿"的老人那样倒在地上,非要儿子送她到医院,再找上家长赔一笔钱,又会是一种什么样的结果呢?

那么,一个孩子对这个世界和这个世界上的人与事的认知和理解,也许就会是大不一样了。这个世界上,存在着恶,也存在着善;人和人之间,存在着怀疑,也存在着信任。普通人应该是本能的善多一些,信任多一些,而如今普通人身上的善和信任,却被恶和怀疑挤压如茯苓夹饼里的馅。或许对于我们大人,一切都已经见多不怪,对于一个孩子,这样的凡人小事,却常常是他们进入这个世界的通道,从而见识到人生,以为世界和人生就是这样子的。他遇到这位老奶奶,和我遇到的那位年轻的妈妈,让这个世界充满爱,不再仅仅是一句唱得响亮的歌词,而是如一粒种子,种在了我们的心头。对于我,时间已经是四十九年过去了;对于孩子,时间已经是二十五年过去了。这位老奶奶和这位年轻的妈妈,我们却一直没有忘记。这粒种子发芽生根长叶,至今仍在我们的心中郁郁葱葱。

四块玉和三转桥,像古诗里的一副美丽的对仗。

阳光的三种用法

童年住在大院里,都是一些引车卖浆者流,生活不大富裕,日子各有各的过法。

冬天,屋子里冷,特别是晚上睡觉的时候,被窝里冰凉如铁,家里那时连个暖水袋都没有。母亲有主意,中午的时候,她把被子抱到院子里,晾到太阳底下。其实,这样的法子很古老,几乎各家都会这样做。有意思的是,母亲把被子从绳子上取下来,抱回屋里,赶紧就把被子叠好,铺成被窝状,留着晚上睡觉时我好钻进去,被子里就是暖乎乎的了,连被套的棉花味道都烤了出来,很香的感觉。母亲对我说:"我这是把老阳儿叠起来了。"母亲一直用老家话,把太阳叫老阳儿。"阳儿"读成"爷儿"音。

从母亲那里,我总能够听到好多新词儿。把老阳儿叠起来,让我觉得新鲜。太阳也可以如卷尺或纸或布一样,能够折叠自如吗?在母亲那里,可以。阳光便能够从中午最热烈的时候,一直储存到晚上我钻进被窝里,温暖的气息和味道,让我感觉到阳光的另一种形态,如同母亲大手的抚摸,比暖水袋温馨许多。

街坊毕大妈,靠摆烟摊养活一家老小。她家门口有一口半人多高的大水缸。冬天用它来储存大白菜,夏天到来的时候,每天中午,她都要接满一缸自来水,骄阳似火,毒辣辣地照到下午,晒得缸里的水都有些烫手了。水能够溶解糖,溶解盐,水还能够溶解阳光,大概是童年时候我最大的发现了。溶解糖的水变甜,溶解盐的水变咸,溶解了阳光的水变暖,变得犹如母亲温暖的怀抱。

毕大妈的孩子多,黄昏,她家的孩子放学了,毕大妈把孩子们都叫过来,一个个排队洗澡,毕大妈用盆舀的就是缸里的水,正温乎,孩子们连玩带洗,大呼小叫,噼里啪啦的,溅起一盆的水花,个个演出一场哪吒闹海。那时候,各家都没有现在普及的热水器,洗澡一般都是用火烧热水,像毕大妈这样的法子洗澡,在我们大院是独一份。母亲对我说:"看人家毕大妈,把老阳儿煮在水里面了!"

我得佩服母亲用词儿的准确和生动,一个"煮"字,让太阳成了我们居家过日子必备的一种物件,柴米油盐酱醋茶,这开门七件事之后,还得加上一件,即母亲说的老阳儿。

真的,谁家都离不开柴米油盐酱醋茶,但是,谁家又离得开老阳儿呢?虽说如同清风朗月不用一文钱一样,老阳儿也不用花一分钱,对所有人都大方而且一视同仁,而柴米油盐酱醋茶却样样都得

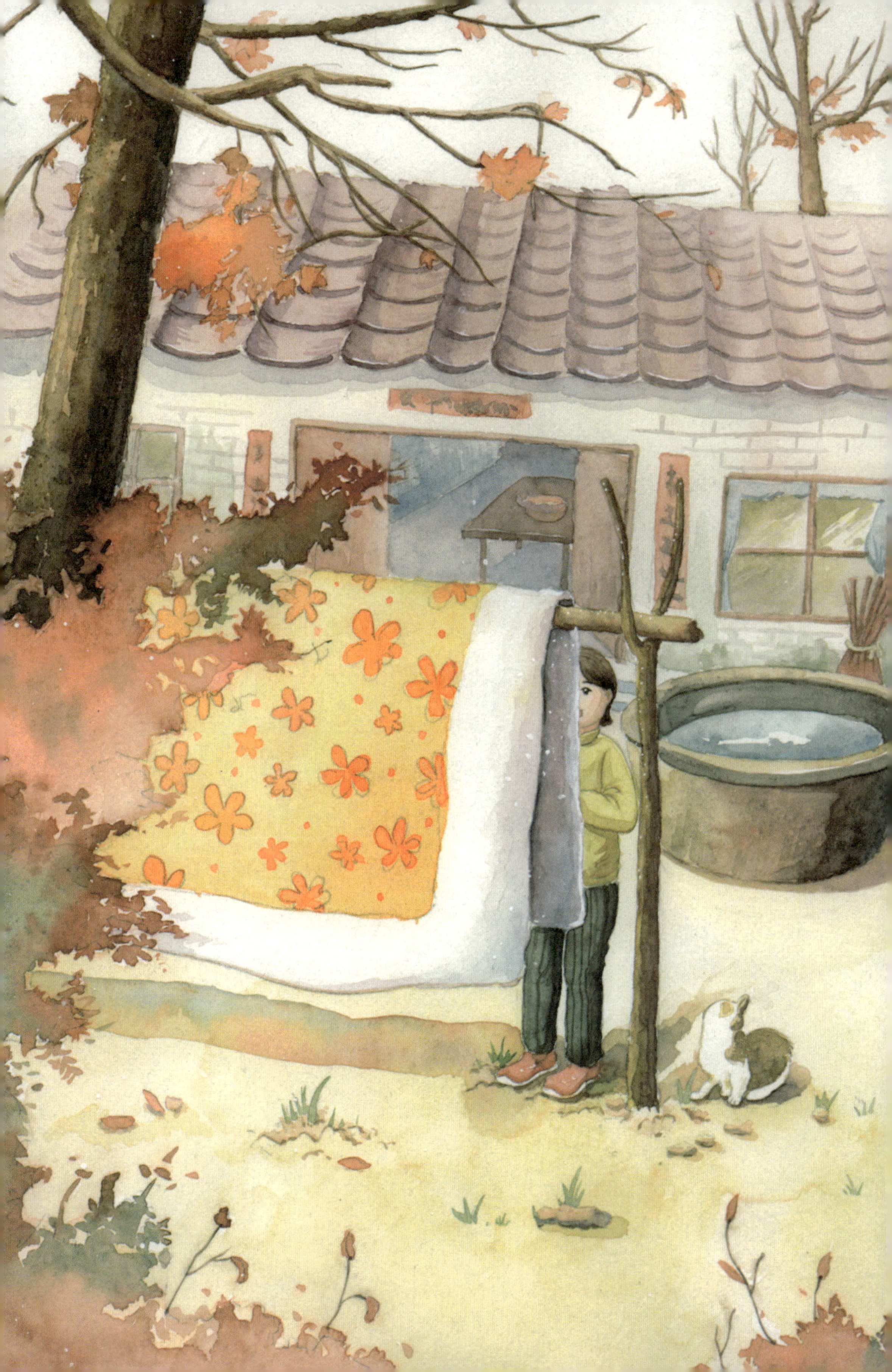

花钱买才行。但是,如母亲和毕大妈这样将阳光派上如此用法的人家,也不多。它们需要一点智慧和温暖的心,更需要在艰苦日子里磨练出的一点儿本事,这叫做少花钱能办事,不花钱也能办事,阳光才能够成为居家过日子的一把好手,陪伴着母亲和毕大妈一起,让那些庸常而艰辛的琐碎日子变得有滋有味。

对于阳光,大人有大人的用法,我们小孩子也有小孩子的用法。我家的邻居唐家是个工程师,他家有个孩子,比我大两岁,很聪明,就喜欢招猫逗狗,总爱别出心裁玩花活儿。有一次,他拿出他爸爸用的一个放大镜,招呼我过去看。放大镜我在学校里看见过,不知他拿它玩什么新花样。我走了过去,他在放大镜下放一张白纸,用放大镜对着太阳,不一会儿,纸一点点变热,变焦,最后居然烧着了起来,腾地蹿起了火苗,旋风一般把整张白纸烧成灰烬。

又有一次,他拿着放大镜,撅着屁股,蹲在地上,对准一只蚂蚁,追着蚂蚁跑,一直等到太阳透过放大镜把那只蚂蚁照晕,爬不动,最后烧死为止。母亲看见了这一幕,回家对我说:老唐家这孩子心这么狠,小蚂蚁招他惹他了,这不是拿老阳儿当成火了吗?你以后少和他玩!

有一部电影叫做《女人比男人更凶残》。有时候,小孩比大人更心狠,小孩子家并不都是时时那么天真可爱。

第三辑　手的变奏

手的变奏

手是人的重要标志，从猴子演变成人，首先是手的进化，直立之后和脚有了功能性的根本区别。手曾经是劳动的象征，是人进化为人的骄傲。从最初毛茸茸的爪，进化为戴着精致皮手套的手和美甲的手，仿佛是弹指一挥间的事。其实，在这样飞快的进化中，手经历了从原始时代到资本时代漫长的变迁。

如今，手变得十指纤纤，袅袅婷婷，越来越漂亮，能做的事情也越来越多，声名却是越来越下滑，不少的时候，成了欲望攫取的象征；而袖手旁观，则成了生活中屡见不鲜的一个词。

还有一个词，不怎么用在明面上，却是暗藏心底，情不自禁而欲罢不能，便是"手心朝上"。手心朝上，就是索取，钱不压手，理所当然，理直气壮。似乎在商业社会里，一切都是明码标价；似乎钱到公事办，火到猪头烂，已经是天经地义的牛顿第四力学定律。无论什么事情，无论什么时刻，也得先让钱说话，让钱开路，方才能够遇水搭桥，逢山开路。所以，我们看到那些贪官，可以手心朝上一贪得上亿而面不改色。

关于手，民间有这样一句谚语，叫做十只手指头按不住一个跳蚤。现在似乎不怎么说了，现在讲究的是，恨不得十只手指头按住十个跳蚤，甚至按住十个美女、十间大屋、十辆豪车、十张文凭，或十个钱包。如果左手的五个手指能够按住太阳，右手的五个手指能够按住月亮，我们也不会放过而会跃跃欲试。我们的胃口和欲望一起在比翼齐飞，膨胀得忘记了这句谚语告诉我们的人生真谛，十个手指头伸得再宽，用力再大，也是按不住一只跳蚤的，相反跳蚤早就从我们的手指缝中跑掉了。生活就是这样嘲笑着我们的人心不足蛇吞象的欲望。

没错，心里潜藏的欲望，都会先从手上表现出来，我们人类的手，就像是章鱼或海葵伸出的触角一样，是欲望最为敏感的反应，没有心里的掩饰，没有语言的伪装，无遮无拦，是欲望最初的表现和最后完成的直接通道。所以，我们常常愿意把那些肆意泛滥着欲望的手，称之为罪恶的手，甚至说它们是魔爪。

过去常说眼睛是人心灵的窗户，其实，手才是呢，是连一层窗帘都不用挂的四面洞开的窗户。所以，即使人成了哑巴，不会讲话，手也可以替代人类的语言，在人身体所有的器官里，唯独手可以起到这样的作用。所以，才有了手语，成了世界通用的一种特殊的语言，手

可以替代嘴巴和心的功能，以及美瞳后矫饰的眼。

由此，我想起了巴洛克时期佛德兰斯的伟大画家鲁本斯，曾经画过的那幅手的著名画作。那只手伸开五个向上伸展的修长手指，像是升起的一簇燃烧的明亮而温暖的火焰。他把那手画得是那样圣洁，那样安详，那样充满着宗教感。无论是在阳光下，还是在月光下，这样的手都仿佛在向我们诉说着美好与憧憬，这样的手，不是在要求攫取着什么，而是在希冀给予着什么；不是伸向别人的口袋然后再装进自己的口袋，而是伸向天空，指向那明亮的太阳和自己的心。

同时，我也想起了现在正在兴起的手模特。不是想说漂亮的手可以成就一个人的事业，而是想说，漂亮的手，确实可以给我们那样美好的感觉，简直可以成为一种同鲁本斯画作一样的艺术品，为我们平凡的生活创造出美来。我们就应该努力让我们的手美好起来，让我们的手连同我们的心，一起美好起来。过去有个词，叫做心明眼亮，没错，心明眼睛才会亮。如今，应该是手美心好，手漂亮了，会连带着心一样的明亮而美好。

城市的雪

地球普遍变暖变旱,冬天里的雪已经越来越稀罕。特别是在城里,难得飘落下来一场雪,如同难得见到一位真正清纯可人的美人一样了。

城市的雪,从入冬以来就一直在期盼中。在我居住的北京,仿佛要和春天里的沙尘暴有意做着强烈的对比,沙尘暴不请自到,而且次数频繁地光临,并不受城市的欢迎,但是,受欢迎的雪却在冬天里总是姗姗来迟,像是一位难产的高龄孕妇。

以往的日子里,最耐不住性子的是渴望下雪天能够堆雪人打雪仗的孩子;如今,最焦灼不堪的是城边的滑雪场,总也等不来雪,只好先急不可耐地鼓动起人工造雪机,将人造的雪花纷纷扬扬地吹了出来,那只不过是冬天的赝品。

隆冬时分,城市的雪,终于在期盼中飘洒下来,但是,这种随着雪花纷纷飘来的喜悦很快就会消失,不用多久,雪便不再受欢迎,仿佛约会前的憧憬在见面的瞬间便顷刻扫兴地坍塌。雪落在树木上,再不会有玉树琼枝；雪落在房檐上，再不会有晶莹的曲线；雪落在院子里，再不会有绒绒的地毯和小狗跑在上面踩出的花瓣一样的脚印；雪落在马路上，很快被撒满盐的融雪剂覆盖，立刻化成了黑乎乎一摊摊泥泞的雪水。据说，这样的化后的雪水，渗进街边的树根，能够让树都枯萎死掉。城市的雪，成为了路边花草的敌人。

那种纷纷扬扬，飘飘洒洒，小精灵一样，跳着轻巧细碎的足尖芭蕾的晶莹雪花，那种覆盖在地上，毛茸茸的，嫩草一样，像是从地上长出来的神奇的童话的晶莹雪花，已经是难再见到了。

也很难见到雪人，即使偶尔见到了雪人，也是脏兮兮的。城市污染的空气、汽车的尾气、制热空调机喷出的废气，一起尽情地把雪人的脸和全身涂抹得尘垢遍体，如同衣衫褴褛的弃儿，再没有原先那种洁白可爱。去年冬天，北京下了一场雪，我在街头见到一个雪人，上午刚刚见到时，它还高高大大，插着胡萝卜的鼻子和橘子的眼睛，格外鲜艳夺目，没到中午，它已经脏成一团，附近餐馆倒出的污水，无情地将它浇头灌顶，把它当成了污水桶。那天，我特意到天坛公园转了一圈，偌大的公园里，只看到一个雪人，小得如同一个布娃娃。公园并不能够为它遮挡污染，它一样脏兮兮的，只有头顶上盖着一个肯特基盛炸鸡块的小盒子，权且当一顶帽子，闪烁着带有油渍渍的色彩，像是故意给雪做的一个黑色幽默。

城市的雪，再不是大自然送来的冬天的礼物，而成了并不受欢

迎的客人，成了城市污浊的乞儿，成了PH试纸一样测试城市污染的显形器。

其实，雪是无辜的，雪到了城市，没有得到娇惯和恩宠，相反被城市带坏了。雪的本色应该是洁白晶莹可爱的，却这样一次次地受到了伤害。

我想起俄罗斯的作家普里什文曾经写过的《星星般的初雪》，他说："雪花仿佛是从星星上飘下来的，它们落在地上，也像星星一般烁亮。"他又说："今天来到莫斯科，一眼发现马路上也有星星一般的初雪，而且那样轻，麻雀落在上面，一会儿又飞起的时候，它的翅膀上便飘下一大堆星星来。"

只是，如今的城市，无论莫斯科还是北京，再不会有这样星星般的雪花了，再也不会有雪中飞起的麻雀翅膀上飘下一大堆星星的景象了。我想起前几年的初春到莫斯科，前一天下的雪刚化，无论红场还是普希金广场，无论加里宁大街还是阿尔巴特小街，都是一样的泥泞一片，黑乎乎的雪水，几乎是雪花在城市卸妆之后唯一的模样，处处雷同，走路都要提起裤腿，小心别踩到上面。

三十多年前，在北大荒插队的时候，我倒是见过一种叫雪雀的鸟，特别爱在冬天下雪的日子里出来，叽叽喳喳地飞起飞落，格外活跃。它们和麻雀一样大小，浑身上下的羽毛和雪花一样的白，大概是长年洁白的雪帮助它的一种变异，环境的力量有时强大得超乎想象。心里暗想，今天这种雪雀要是飞进城市，也得随雪花一起再变异回去，羽毛重新变成褐色，甚至乌鸦一样的黑色。

雪花的洁白，不在冬天里，只能在梦里、童话里，和普里什文文字带给我们的想象里。

超重

那天上午在机场送人,飞往法兰克福、伦敦、罗马和巴黎的航班,密集的雨点似的挤在一起。大概正赶上暑假结束,大学开学在即,到处可以看到推着装有大行李箱的推车的学生们,送行的父母特别多。候机厅里,家庭的气息一下子很浓,像是客厅,相似的面孔不停在眼前晃动。

不时有孩子进了里面去办理登机手续,家长只能够站在候机厅里等,儿行千里母担忧,他们都伸长了脖子,把望眼欲穿的心情付与人头攒动的前方。不时便又看见有孩子匆匆地从里面走了出来,给家长一个渴望中的喜悦。不过,我发现,匆匆出来的孩子大多并不是为了和送行的父母再一次告别,也很少见到有依依不舍的场面,那样的场面,似乎只留给了情人之间的拥抱和牵手。

站在我身边的是一位面容姣好的中年妇女,凉鞋露出的脚趾涂着鲜艳的豆蔻,这样风韵犹存的女人,在我们的电视剧里一般还要在男人怀里撒娇呢。现在，她像是只温顺的猫，眼神有些茫然。不一会儿，我看见一个大小伙子推着行李车，气冲冲地向她走来，没好气地对她嚷嚷道："都是你，让我带，带！都超重啦！"只听见她问："超了多少？"语气小心，好像过错都在自己的小媳妇。"10公斤！"只有儿子对母亲才会这样的肆无忌惮。听口音，是南方人。

于是，我看见母亲开始弯腰蹲了下来，把捆箱子的行李带解开，打开箱子。那是一大一小赭黄色的两个名牌箱。儿子也蹲下来，和母亲一起翻箱里的东西，首先翻出的是两袋洗衣粉，儿子气哼哼地都嚷着："这也带！"然后又翻出一袋糖，儿子又气哼哼地嘟囔一句："这也带！"接着把好几铁盒的茶叶都翻了出来："什么都带！"母亲什么话都没说，看儿子天女散花似的把好多东西都翻了出来，面前像是摆起了地摊。最后，儿子把许多衣服和一个枕头也扔了出来，紧接着下手往箱底伸了，只听见母亲叫了声："被子呀，你也不带了！"

我有些看不过去，走了两步，冲那个一直气哼哼嘴噘得能挂个瓶子的儿子说："10公斤差不

多了，你东西都不带，到了那儿怎么办？"儿子不再扔东西了，母亲站了起来，一脸忧郁，本来化得很好的妆，因出汗而坍塌显出些许的斑纹。"先去试试再说。"我接着对那个儿子说,他开始收拾箱子，母亲则把茶叶都从铁盒里掏出来，又塞进箱里。儿子推着行李车走了，我问那位母亲孩子去哪里，她告诉我去英国读书。她脚下的那些东西都散落着，稀泥似的摊了一地。

这时，我身旁另一侧，又有一个女孩推着车走到她的父母身边，几乎和那个男孩一样气哼哼的表情，把车使劲一推，推到她父亲的脚前，说了句："严重超重！"父亲和刚才这位母亲一样，立刻蹲下身子，替女儿打开行李箱，我一看，箱子里几乎全是吃的东西，而且全是麻辣的食品，不用说，来自四川。左翻翻，右翻翻，父亲权衡着取出什么好，女儿站在那里，用手扇着风，摸着脸上的汗，说着："这都是我想带的呀！"这让父亲为难了，倒是母亲在旁边发话了："把那些腊肠都拿出来吧,那玩意占分量。"父亲拿出了好几袋腊肠，又拿出好几管牙膏、一大罐营养品和几件棉衣，再盖箱子的时候，鼓囊囊的箱子像撒了气的气球似的，瘪下去了一大块。女儿风摆柳枝推着车走了，我悄悄地问她母亲这是去哪儿，回答说是去法国读书。

独生子女的一代，理所当然地觉得可以把一切不满和埋怨都发泄给父母。养儿方知父母恩，他们还没到明白父母心的年龄。他们可以埋怨父母的娇惯和期待超重，却永远不该埋怨父母对自己的情感超重。

风中华尔兹

那天的晚上，风很大，公共汽车站上没几个人等车，车好久没有来，着急的人打"的"早走了，剩下的人有些无奈。这时候，走过来一个姑娘，黑暗中看不清她的面孔，但个头高挑，身材苗条，穿着一条长摆裙子，还是很养眼。但公共汽车并没有因养眼的姑娘的到来而提前进站，等车的人们还在焦急地望眼欲穿，有人在骂街了。

不知这位高个的姑娘是刚逛完商厦，还是刚赴完晚宴，或是刚刚下班，总之，她显得神情愉悦，一点儿也不着急，竟然伸展修长的手臂，在站牌下转了两圈。是几步华尔兹，风兜起她的长裙，旋转成了一朵盛开的花，汽车站仿佛成了她的舞台。

这一幕，留给我的印象很深，记得那一晚的站牌下，对这位突然情不自禁地跳起华尔兹的姑娘，有人欣赏，有人侧目，有人悄悄说：神经病！我当时想，同样的夜晚，同样的大风，同样的焦急，人家姑娘的华尔兹，能够在自娱自乐之中化解焦灼，是本事，也是一种平和的心态。

有一天，我路过我家附近不远的一个小区，小区的大门口有一间不大的收发室，收发室的窗前挂着一块小黑板，黑板上密密麻麻地写着几门几号有挂号信，几门几号有汇款单，无论是阿拉伯数字，还是汉字，都写成斜体的美术体，分外醒目。一笔一画，一丝不苟，写得正经不错。走过那么多的小区，还从没见过哪里的收发室前的小黑板上有这样好看的美术字呢。

有意思的是，我看见收发室里坐着的一个小伙子，正拿着支笔，正襟危坐，往纸上写着什么。好奇心驱使我走了过去，和小伙子打招呼，一看他正在练美术字，双线镂空的美术字，满满地写在了一张废报纸上。我夸他写得真好，他笑着说天天坐在这里没事，练练字解闷呗！

其实，解闷的方法有多种，喝喝小酒、看看电视、下下棋、玩玩微信，都可以解闷。小伙子选择了写美术字，即使往小黑板上写邮件通知，也要用美术字写得那样整齐，那样好看，就像学校里出板报一样正规。我对这个小伙子心生敬意，因为并不是什么人都有他这样的本事，能够将日常琐碎的事情做成如此赏心悦目，让自己看着，也让别人看着，那么的舒服。

曾经在网上看到浙江湖州一位叫做李云舟的小伙子，和我见过的这个小区用美术字写黑板的收发小伙子，有异曲同工之妙。

李是一个小区的保安，他向他的主管提了好多建议，都没有被采纳，一气之下，不干了。他的辞职信写得不同一般，竟然是用文言文的赋体形式写成。你可以说他怀才不遇，你也可以指出他的赋有这样那样的毛病，但你不得不承认，那赋古风悠悠，洋洋洒洒，有典故，有文采，还有他的抑制不住的心情，或者那么一点自尊和自命不凡。于是，这篇赋体的辞职信迅速在网上走红，而李被称之"湖州第一神保"。也可以这样说，这是中国第一赋体的辞职信呢，简称："中国第一辞赋"。

生活中，并不是每天都会下雨，也不是每晚都出星星；花好月圆总是属于少数人，月白风清总是属于幸运儿。太多的人，太多的日子，却是庸常琐碎、寡淡无味，甚至会有许多苦涩和不如意，怀才不遇的磨折会更多。能够如这两位小伙子，即使写再平常不过的邮件通知，也要写成与众不同的斜体美术字；即使写再卑微不过的辞职信，也要写成一唱三叹的赋体。我想，这也许就是我们常常说的一种对生活的态度吧？是古诗里说的"行到水穷处，坐看云起时"；是罗大佑唱过的"胜利让给英雄们去轮替，真情要靠我们凡人自己努力"；是那位大风里焦急候车的姑娘，将生活化为了华尔兹，让哪怕是滋生出来那一点点儿的艺术，也会有一点点快乐，温暖我们自己的心吧！

曲线是上帝的

星期天，我家来个小客人，是个只有4岁多一点的小男孩。大人们兴奋地在聊天，冷落了他，他显得很寂寞，大人们越来越高兴，他却噘着嘴越来越不高兴。我便和他一起玩，我问他你会画画吗？他冲我点点头。我拿来纸笔给他，他毫不犹豫，信心十足，上来大笔一挥，弯弯曲曲的线条占满了纸上上下下的空间，仿佛他在拿水龙头肆意喷洒，浇湿了花园里所有的地皮和他自己湿淋淋的一身。

他的家长拿过纸一看，责怪他：你这是瞎画的什么呀！我赶忙说：孩子画得不错。便帮孩子在纸的顶端弯弯的曲线之间画了一个小黑点，立刻，孩子兴奋地叫道：鸟！是的，孩子笔下看似乱七八糟的曲线，瞬间就活了似的，变成了一只抖动着漂亮大尾巴的鸟。是动物园里从来没有见过的鸟，是我们大人永远画不出来的鸟。

我相信任何一个孩子都是一个画家，他们笔下任意挥就的曲线，就是一幅充满童趣的画，我们在毕加索变形的和米罗抽象的画中，都能够找到孩子们挥洒的曲线的影子来。比起直线来，曲线就有这样神奇的魔力和魅力，它将万千世界化繁为简，浓缩为随意弯曲的线条，有了柔韧的弹性和想象力。

所以，与毕加索和米罗是老乡的西班牙最著名的建筑家高迪曾经说过："直线是人为的，曲线是上帝的。"

曾经听说过曲线属于女人，却从来没有听说曲线属于上帝，在高迪的眼里，曲线如此的至高无上。现在，想想，高迪说得真有道理。大自然中，你见过有直线存在吗？常说笔直的大树，其实是夸张的形容，树干也是由些微的曲线构成，才真的好看，就更不用说起伏的山脉、蜿蜒的河流，或错落有致的草地花丛、鸟飞天际那摇曳的曲线。巴甫洛夫说动物都知道两点之间直线距离最短，其实两点之间动物跑出的从来不会是一条直线，雪地里看小狗踩出了那一串脚印，弯弯曲曲的，才如撒下一路细碎的花瓣一样漂亮。

去年，我在贝尔格莱德看一个现代艺术展，展览馆外先声夺人立着第一件展品，是在本来应该爬满花朵的花架里，塞满了一大堆缠绕在一起的铁丝网，乱麻一般的铁丝网的曲线肆意而充满饱满张力地纠葛冲撞着，花架成为想要约束它们却又约束不了它们的一幅画框。在这样尖锐的曲线面前，你可以想象许多，为它取好多个题目。

没错，曲线是上帝的，这个上帝属于自然、艺术和孩子，因为只有这三者最容易接近上帝。

萤火虫

想起去年夏天,在美国普林斯顿一个社区里,我和一对来自上海的老夫妇聊天,都是来看望孩子的,便格外聊得来,家长里短,上至天文地理,下至鸡毛蒜皮,聊得兴致浓郁,竟然忘记了时间,从夕阳落山到了繁星满天时分。那时,我们坐在一泓小湖旁边的长椅上,面前是一片开阔的草坪,一直连到湖边。当夜色如雾完全把草坪染成墨色的时候,抬头一看,忽然看见草坪中有光一闪一闪在跳跃,再往远看,到处闪烁着这样一闪一闪的光亮。由于四周幽暗,那一闪一闪的光显得格外明亮,感觉它们是在上下跳,高低不一,但跳跃得非常有节奏,仿佛带着音乐一般,让人觉得有种置身童话世界的感觉。

起初,我没有反应过来,那光亮是什么东西,感到非常惊讶,竟然傻乎乎地叫道:这是什么呀?老夫妇去年就来过这里,早见过这情景,已经屡见不鲜,笑着告诉我:是萤火虫。我不好意思地对

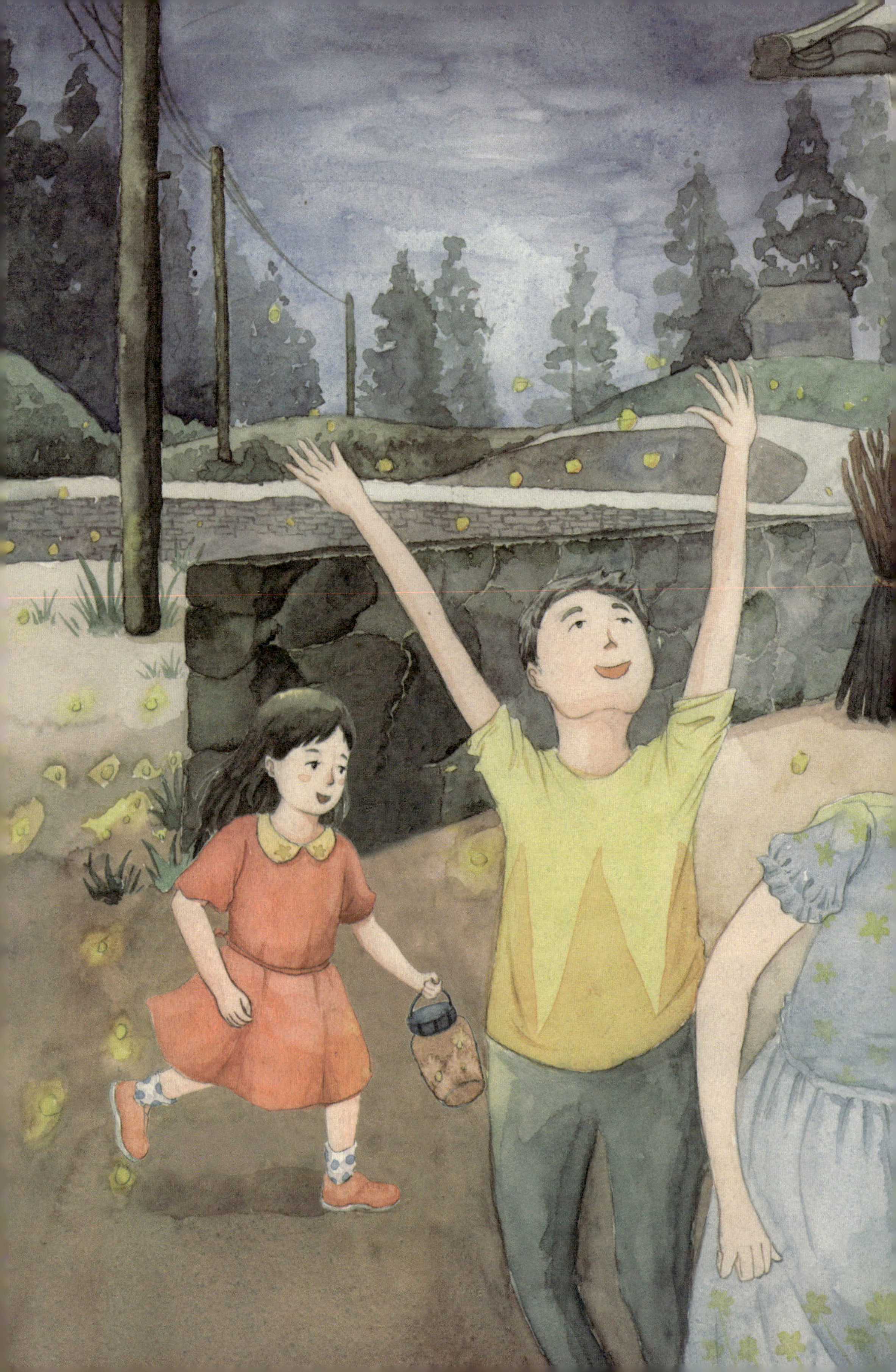

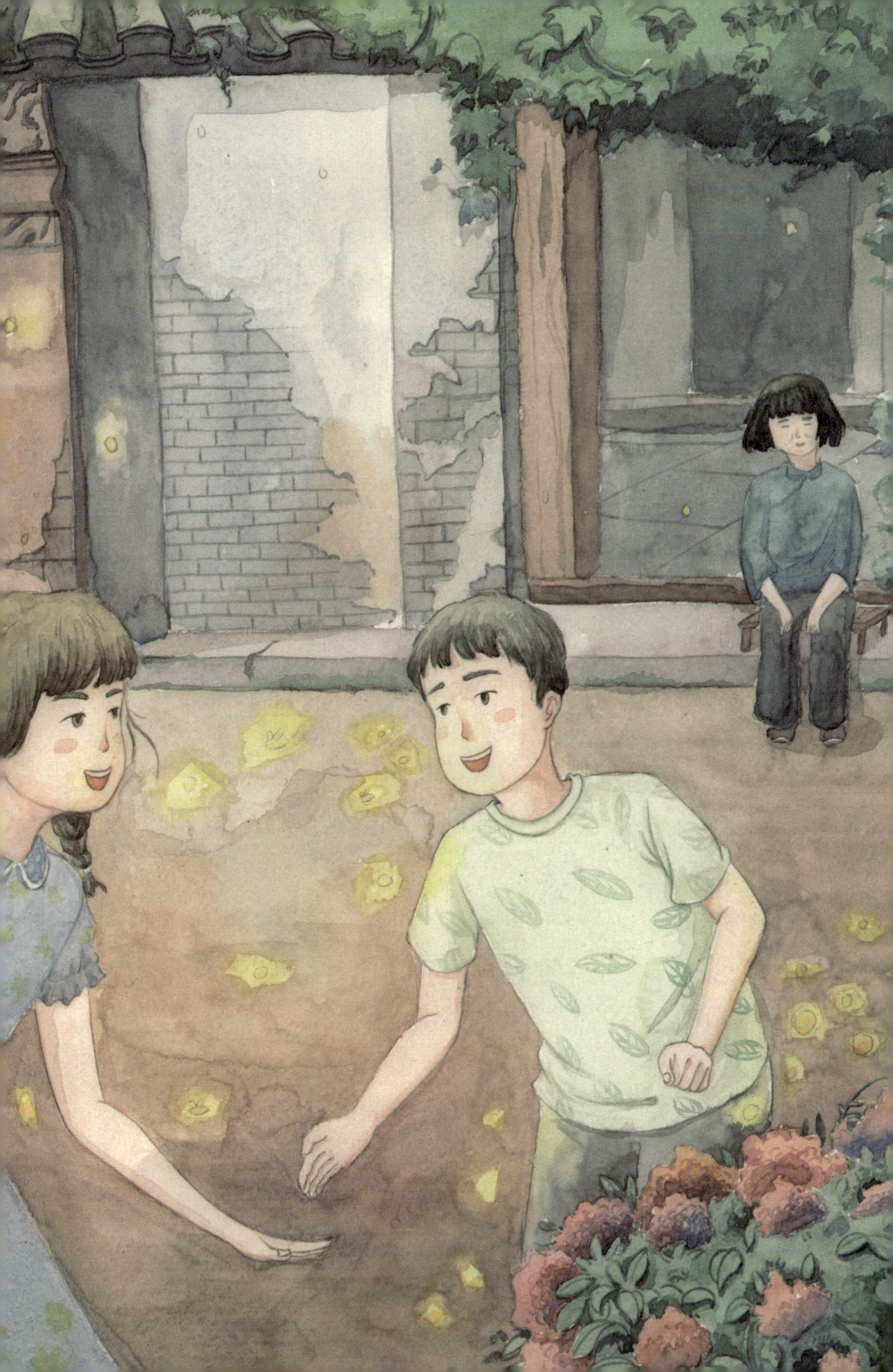

他们说：我都有好几十年没有见过萤火虫了。他们连声道：是啊，是啊，在我们的城市里，已经见不到萤火虫了。

想想，真的是久违了，我以前看见萤火虫，还是童年，住在北京胡同里的大院的时候。算算日子，至少有五十年的光阴了。那时，我住在一个叫粤东会馆的三进三出的大院里，在花草中和墙角处，不仅能见到萤火虫，还能听得见蟋蟀、油葫芦和纺织娘的叫声。夏天的夜晚，满院子里疯跑捉萤火虫，然后把萤火虫放进透明的玻璃小瓶里，制作我们自认为的"手电筒"，再满院子里疯跑，是我们孩子最爱玩的游戏。

如今，在北京，不仅这样的四合院越来越少，就是有这样的四合院硕果仅存，孩子们也再见不到萤火虫，玩不成这样的游戏了。如今的城市，有霓虹灯和电子游戏，比萤火虫的闪烁要明亮甚至炫得神奇，但是，那些毕竟是人工的，不是来自大自然的光亮。如今，童话般的心理感觉和视觉冲击，往往来自电脑制作或3D电影。其实，对于孩子，乃至成年人，那种童话般的感觉和感动，更多的应该是来自大自然。越来越高科技现代化的城市，隔膜住了大自然，让我们远离了大自然。

之所以想起了去年和萤火虫重逢的事情，是前两天在报纸上看到一则这样的消息：如今，在淘宝网上可以买到萤火虫。每只萤火虫卖3元到4元，一般批量出售是一百只萤火虫为单位的。接到订单之后，商家指派人到野外去捉萤火虫，但大多数是在人工仿生态的环境下人工饲养的。把萤火虫捉到后，装进扎了小孔的塑料瓶里，空运过来。这些活体萤火虫用来情侣放飞、婚庆气氛的营造。网上的广告上说：送她可爱的萤火虫，可以营造出非常温馨浪漫的情调。

心里不禁有些感慨。曾经伴我们儿时游戏的萤火虫，如今被发现了身上具有的商业价值。是什么让它们具有了商业价值？城市赶走了它们，再把它们请回来的时候，它们就摇身一变。这样坐着飞机千里迢迢而来的萤火虫，不再是我们的朋友，而成了我们花钱买来的商品，放飞的还是以前我们曾经拥有过的童话感觉或浪漫感觉吗？

想起了法国作家于·列那尔写过的一首题为《萤火虫》的散文诗，只有一句话："有什么事情呢？晚上九点钟了，他屋里还点着灯。"如今，他屋里还能够为我们点着灯吗？

生命的平衡

不知道你相信不相信，无论什么样的生命，在短促或漫长的人生中都需要平衡，并且都会在最终得到平衡的。漂亮的白雪公主自然有其漂亮面庞的如意，却也有后母的嫉妒、被派来的人追杀，以及毒梳子和毒苹果危险等等的不如意；不漂亮的灰姑娘自然有其悲惨的种种命运，却也有其终成正果的美好回报。眼睛瞎了，意大利的安德烈·切波里却成了著名的盲人歌唱家；腿残疾了，爱尔兰的克里斯蒂·布朗却用唯一能够活动的左脚敲打键盘，成了著名的作家。个子高的，如姚明，自然成就了他的事业，他可以到美国的NBA去打篮球，风光无限；个子矮的，就一定不如个子高的吗？如拿破仑，按现在的标准大概得是"二级残废"了，却不妨碍他成为盖世的英雄。

这就像《红楼梦》里所说的：大有大的难处，小有小的好处。这也就像伊索寓言里所讲的：高高的长颈鹿可以吃得着高高树枝头上的叶子,却没办法走进院子的矮小的门;矮矮的山羊吃不着高高树枝头上的叶子,却轻而易举地走进了矮小的门。

懂得了生命中的这一点意义,不仅是让我们不必为我们自身的长处而骄傲,不必为我们自身的短处而悲观;也不仅是让我们知道拥有再多,总会有失去的时候,失去得再多,总会有得到补偿的机会;更重要的是,让我们充分去体味到生命其实是一条流淌的河,乱石穿空,惊涛拍岸,卷起千堆雪,是生命中的一种情景,潮平两岸阔,风正一帆悬,也是生命的一种情景。一条河在流淌的过程中,不可能总是前一种风景,也不可能总是后一种风景,它要在总体流量的平衡中才会向前流淌,一直流入大江大海。因此,我们不必去顾此失彼,我们不必去刻意追求某一点,从而在这样生命的平衡中,让我们的心态更加从容,让我们的生活更加平和,让我们的人生更加是一幅舒展的画卷。

今年我去土耳其,遇见当今被称为土耳其的首富萨班哲先生。说萨班哲先生是土耳其的首富,并不虚传,并不夸张,在大街上所有跑的丰田汽车,都是他家生产的;凡是有蓝底白字 SA 字母牌子的地方,都是他家的产业;凡是有蓝底白字 SA 字母商标的东西,都是他家的产品。在土耳其,SA 的标志,触目皆是;萨班哲的名字,家喻户晓。

如此富有的人,却也有命运不济的地方,他的两个孩子,一个儿子，一个女儿，都是残疾弱智。命运，就是这样和他开着残酷的玩笑。他却以为这其实就是生命给予他的一种平衡，而不去怨天尤人。他的想法，和我们古人的想法很有些相似之处：月有阴晴圆缺，人有悲欢离合，好事古难全。想到生命这样的一点平衡的意义，他的心也就自然平衡了。命运在一方面给予他别人无法企及的财富，在另一方面便给予他对比如此触目惊心的惩罚。他想开了，惩罚也可以变成回报，两者之间沟通的桥需要的就是生命的平衡力量。他便将他那么多的钱，不是仅仅留给他的两个孩子，还在伊斯坦布尔修建了一座残疾人的公园，公园里所有的器械都是为残疾人专门设计的，就连游乐场上的摇椅，都有供残疾人不用离开轮椅而自动坐上坐下的自动装置。他希望以自己能够做到的事情来平衡更多残疾人不如意的生活，从而使自己不如意的生活达到新的平衡。

萨班哲先生已经七十有余，如此富有，其实自己的一生却非常抠门，传说他一生，一直到现在，依然是一天只抽一支雪茄，上午和下午各半

支；依然是一天只喝一小杯威士忌，是在一天工作完太阳下山之后坐下来喝。但到了该花钱的时候，他却一掷千金；如伊斯坦布尔的这座残疾人公园。他在富有和贫穷、健全与残疾、得到与失去中寻找到了自己的平衡。

　　那天，我们去参观以他的名字命名的萨班哲博物馆。博物馆就建在博斯普鲁斯海峡的岸边，进可以观各种名画和《古兰经》，外可以看海水蔚蓝、海鸥翩翩和博斯普鲁斯大桥的巍峨壮观，真是非常的漂亮。这里原来是他的私人住宅，他捐献出来改建成了这座博物馆。在这座博物馆里，最有趣的是一间陈列室里，挂满的全部都是萨班哲先生的漫画。是萨班哲先生请来土耳其的漫画家们，让他们怎么丑怎么画，越丑越好，画成了这样满满一屋子的漫画。有时候，他到这里来看一屋子包围着他的、画着他的那一幅幅丑态百出的漫画，他很开心，他在这里找到了在外面被人、鲜花或镜头所簇拥着、恭维着所没有的平衡，他在这里找到了在两个残疾弱智孩子给予他的痛苦中所没有的欢乐。萨班哲先生真是洞悉了世事沧桑，彻悟到了人生三味。他实在是一个智慧的老头，懂得平衡的艺术真谛。

　　我们能够拥有他这样洒脱而潇洒的心态吗？我们能够拥有他这样宠辱不惊的自我平衡的力量吗？如果我们也一样拥有，我们的人生就会和萨班哲先生一样过得充实而愉快，而不会因为一时的得意而忘乎所以，因一时的失意而绝望到底，我们便和萨班哲先生一样在世事的跌宕中历练自己，在生命的平衡中体味到人生的意义。

人的一生，从来不可能不是天堂就是地狱非此即彼的选择，而总是在这两者之间有一种平衡力量的显示。这样，我们的生命处于一种能量守衡状态中，而对生活中所呈现出极端才不会或得意忘形或惊慌失措，比如：有时候我们会处于睡眠状态，有时候我们会处于亢奋状态；有时候我们会如孔雀开屏四面叫好，有时候我们会如老鼠钻木箱两头挨堵；有时候我们需要抹龙胆紫，有时候我们需要搽变色口红；有时候我们需要开塞露，有时候我们又需要润肤霜……生命就是在这样的阴阳契合、内外互补、得失兼备和相辅相成中达到平衡。寻找这样的平衡，便会寻找到生活的艺术，寻找到生命和人生的意义。生命平衡的力量，其实就是我们平常生活的定力，是我们琐碎人生的定海神针。

宽容是一种爱

有一首小诗这样写道:"学会宽容／也学会爱／不要听信青蛙们嘲笑／蝌蚪／那又黑又长的尾巴……／允许蝌蚪的存在／才会有夏夜的蛙声。"

在竞争激烈的社会,在唯利是图的商业时代,宽容同忠厚一样,都成了无用的别名,让位于针尖对麦芒的斤斤计较,最起码也成了你来我往的 AA 制的记账方式。但是,我还是要说,宽容是一种爱。

18 世纪的法国科学家普鲁斯特和贝索勒是一对论敌,他们关于定比这一定律争论了 9 年之久,各执己见,谁也不让谁。最后的结果,以普鲁斯特的胜利而告终,普鲁斯特成了定比这一科学定律的发明者。普鲁斯特并未因此而得意忘形,他真诚地对曾激烈反对过他的论敌贝索勒说:"要不是你一次次的质疑,我是很难把定比定律深入研究下去的。"同时,他特别向公众宣告,发现定比定律,贝索勒有一半的功劳。

这就是宽容。允许别人反对，并不计较别人的态度，而充分看待别人的长处，并吸收其营养。这种宽容是一泓温情而透明的湖，让所有一切映在湖面上，天色云影、落花流水。这种宽容让人感动。

我们的生活日益纷繁复杂，头顶的天空并不尽是梵·高涂抹的一片灿烂的金黄色，脚下的大地也不尽如平原一样平坦。不尽如人意、烦恼、忧愁，甚至让我们恼怒、无法容忍的事情，可能天天会摩肩接踵而来——才下眉头，又上心头，抽刀断水水更流。我所说的宽容，并不是让我们毫无原则地一味退让。宽容的前提是对那些可宽容的人或事，宽容的核心是爱。宽容，不是去对付，去虚与委蛇，而是以心对心地去包容，去化解，去让这个越发世故、物化和势利的粗糙世界变得湿润一些。而不是什么都要剑拔弩张、斤斤计较，什么都要拼个你死我活。即使我们一时难以做到如普鲁斯特一样成为一泓深邃的湖，我们起码可以做到如一只青蛙去宽容蝌蚪一样，让温暖的夏夜充满嘹亮的蛙鸣。我们面前的世界不也会多一

份美好，自己的心里不也多一些宽慰吗?

宽容是一种爱。要相信，斤斤计较的人、工于心计的人、心胸狭窄的人、心狠手辣的人……可能一时会占得许多便宜，或阴谋得逞，或飞黄腾达，或春光占尽，或独占鳌头……但不要对宽容的力量丧失信心。用宽容所付出的爱，在以后的日子里总有一天会得到回报，也许来自你的朋友，也许来自你的对手，也许来自你的上司，也许来自时间的检验。

宽容，是我们自己的一幅健康的心电图，是这个世界的一张美好的通行证!

学会感恩

西方有一个感恩节。那一天,要吃火鸡、南瓜馅饼和红莓果酱。那一天,无论天南地北,再远的孩子,也要赶回家。

总有一种遗憾,我们国家的节日很多,唯独缺少一个感恩节,我们也可以东施效颦吃火鸡、南瓜馅饼和红莓果酱,我们也可以千里万里赶回家,但那一切并不是为了感恩,团聚的热闹总是多于感恩。

没有阳光,就没有日子的温暖;没有雨露,就没有五谷的丰登;没有水源,就没有生命;没有父母,就没有我们自己;没有亲情友情和爱情,世界就会是一片孤独和黑暗。这些都是浅显的道理,没有人会不懂,但是,我们常常缺少一种感恩的思想和心理。

"谁言寸草心,报得三春晖""谁知盘中餐,粒粒皆辛苦",我们小时候背诵的诗句,讲的就是要感恩。滴水之恩,涌泉相报;衔环结草,以报恩德,中国绵延多少年的古老成语,告诉我们的也是要感恩。但是,这样的古训并没有渗进我们的血液,有时候,我们常常忘记了，无论生活还是生命，都需要感恩。

蜜蜂从花丛中采完蜜，还知道嗡嗡地唱着道谢；树叶被清风吹得凉爽，还知道飒飒地响着道谢。但是，我们还不如蜜蜂和树叶，有时候，我们往往容易忘记了需要感恩。

没错，感恩的敌人，是忘恩负义。但是，真正忘恩负义的人毕竟是少数，大多数的人常常对别人给予自己的帮助和情谊、恩惠和德泽，以为是理所当然，便容易忽略或忘记，有意无意地站在了感恩的对立面。难道不是吗？我们父母给予我们的爱，常常是细小琐碎却无微不至的，不仅常常被我们觉得就应该是这样，而且还觉得他们人老话多，树老根多，嫌烦呢。而我们自己呢，哪怕是同学或是情人的生日，都不会错过他们的PARTY，偏偏记不清父母的生日，就并不是什么奇怪的事情了。

懂得感恩的人，往往是有谦虚之德的人，是有敬畏之心的人。对待比自己弱小的人，知道要躬身弯腰，便是属于前者；感受上苍懂得要抬头仰视，便是属于后者。因此，哪怕是比自己再弱小的人给予自己的哪怕是一点一滴的帮助，这样的人也是不敢轻视、不能忘记的。跪拜在教堂里的那些人，仰望着从教堂彩色的玻璃窗中洒进的阳光，是怀着感恩之情的，纵使我并不相信上帝的存在，但我总是被那种神情所感动。

恨多于爱的人，一般容易缺乏感恩之情。心里被怨恨涨满的人，

便容易像是被雨水淹没的田园，很难再吸收进新的水分，便很难再长出感恩的花朵或禾苗。

不懂得忏悔的人，一般也容易缺乏感恩之情。道理很简单，这样的人，往往唯我独尊，一切都是他对，他从来都没有错，对于别人给予他的帮助，特别是指出他的错误弥补他闪失的帮助，他怎么会在意呢？不仅不会在意，而且还可能会觉得这样的帮助是多余是当面让他下不来台呢。这样的人，心如冰硬，似板结的水泥地，水是打不湿的，便也就难以再松软得能够钻出惊蛰的小虫来，鸣叫出哪怕再微弱的感恩之声来。

财富过大并钻进钱眼里出不来，和权力过重并沉溺权力欲望出不来的人，一般更容易缺乏感恩之情。因为这样的人会觉得他们是施恩别人的主儿，别人怎么会对他们施恩且需要回报呢？这样的人，大腹便便，习惯于昂着头走路，已经很难再弯下腰、蹲下身来，更难于鞠躬或磕头感恩于人了。

虽说大恩不言谢，但是，感恩一定不要仅发于心而止于口，对你需要感谢的人，一定要把感恩之意说出来，把感恩之情表达出来。美国曾经有这样一则传说，一个村子里，一家人围坐在餐桌前吃饭，母亲端上来的却是一盆稻草。全家人都很奇怪，不知道这究竟是怎么一回事，母亲说："我给你们做了一辈子的饭，你们从来没有说过一句感谢的话，称赞一下饭菜好吃，这和吃稻草有什么区别！"连世上最不求回报的母亲都渴望听到哪怕一点感谢的回声，那么，我们对待别人给予的帮助和恩情，就更需要把感恩的话说出来。那不仅是为了表示感谢，更是一种内心的交流，在这样的交流中，我们会感到世界因这样的息息相通而变得格外美好。

我在报上看到这样一则消息：湖南两姊妹小时候一次落水，被一个好心人救起，那人没有留下姓名就走了。两姊妹和她们的父母觉得，生命是人家救的，却连一声感谢的话都没有对人家说，发誓一定要找到这个恩人。他们整整找了20年，两姊妹的父亲去世了，她们和母亲接着千方百计地寻找，终于找到了这位恩人，为的就是感恩。两姊妹跪拜在地上向恩人感恩的时候，她们两人和那位恩人以及过路的人禁不住落下了眼泪。这事让我很难忘怀，两姊妹漫长20年的行动告诉我，到什么时候都不要忘记对有恩于你的人表示感恩。而感恩的那一瞬间，世界变得是多么的温馨美好。

我永远也不会忘记几年前的一件事情。那天，我在崇文门地铁站等候地铁，一个也就四五岁的小男孩，从站台的另一边跑了过来。

因为是冬天,羽绒服把小男孩撑得圆嘟嘟的,像个小皮球滚动过来。他问我到雍和宫坐地铁哪站近,我告诉他就在他的那边。他高兴地又跑了回去,我看见那边他的妈妈在等着他。等了半天,地铁也没有来,我走了,准备上去找个"的"。我已经快走到楼梯最上面的出口处了,听到小男孩在后面"叔叔,叔叔"地叫我。我不知道他要干什么,便站在那里等他,看着他一脑门子热汗珠儿地跑到我的面前,我问他有事吗,他气喘吁吁地说:"我刚才忘了跟您说声谢谢了。妈妈问我说谢谢了吗,我说忘了,妈妈让我追您。"我永远不会忘记那个孩子和那位母亲,他们让我永远不要忘记学会感恩,对世界上不管什么人给予自己的哪怕是再微不足道的帮助和关怀,也不要忘记了感恩。

孤独的普希金

来上海许多次,没有去岳阳路看过一次普希金的铜像。忙或懒,都是托词,只能说对普希金缺乏虔诚。对比南京路、淮海路,这里似乎可去可不去。

这次来上海,住在复兴中路,与岳阳路只一步之遥。推窗望去,普希金的铜像尽收眼底。大概是缘分,非让我在这个美好而难忘的季节与普希金相逢,心中便涌出普希金许多明丽的诗句,春水一般荡漾。

其实,大多上海人对他冷漠得很,匆匆忙忙从他身旁川流不息地上班、下班,看都不看他一眼,好像他不过是身旁的水泥电杆一样。提起他来,甚至说不出他哪怕一句短短的诗。

普希金离人们太遥远了。于是,人们绕过他,到前面不远的静安寺买时髦的衣装,到旁边的教育会堂舞厅跳舞,到身后的酒吧间捧起高脚酒杯……

当晚,我和朋友去拜谒普希金。铜像四周竟然了无一人,散步的、谈情说爱的，都不愿到这里来。月光如水，清冷地洒在普希金的头顶。由于石砌的底座过高，普希金的头像显得有些小。我想，更不会有人痴情而耐心地抬酸了脖颈，如我们一样仰视普希金那一双忧郁的眼睛了。

此时，教育会堂舞厅中音乐四起，爵士鼓响得惊心动魄。红男绿女进进出出，缠绵得像糖稀软成一团，偏偏没有人向普希金瞥一眼。

我很替普希金难过。我想起曾经去过的莫斯科普希金广场，在普希金铜像旁，即便是雨雪飘飞的日子，也会有人凭吊。那一年我去时，正淅淅沥沥下着雨，铜像下依然摆满鲜花，花朵上沾满雨珠，宛若凄清的泪水。有人在悄悄背诵着普希金的诗句，那诗句也如同沾上雨珠，无比温馨湿润，让人沉浸在一种美好的意境中。

而这一夜晚，没有雨丝、没有鲜花，普希金铜像下，只有我和朋友两人。普希金只属于我们。

第二天白天，我特意注意这里，除了几位老人打拳，几个小孩玩耍，没有人注意普希金。铜像孤零零地立在格外灿烂的阳光下。

朋友告诉我，这尊塑像已是第三次塑造了。

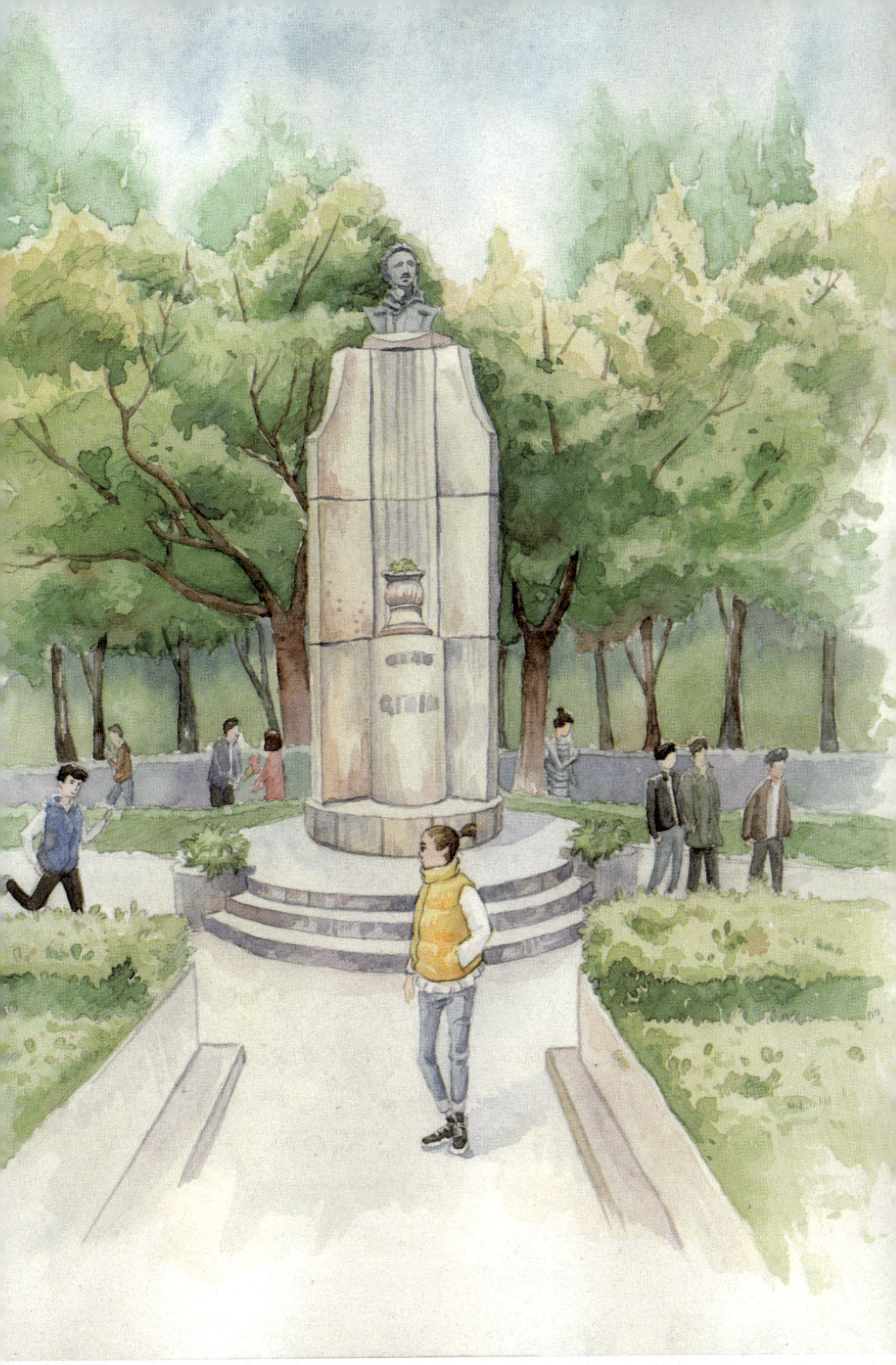

第一尊毁于日军侵华的战火中，第二尊毁于我们自己手中。莫斯科的普希金青铜塑像屹立在那里半个多世纪安然无恙，我们的普希金铜像却在短短的时间内连遭两次劫难。

在普希金铜像附近住着一位老翻译家，一辈子专门翻译普希金、莱蒙托夫的诗作，在"文革"中目睹普希金的铜像被红卫兵用绳子拉倒，内心的震动不亚于一场地震。曾有人劝他搬家，避免触目伤怀，老人却一直坚持守在普希金的身旁，度过他的残烛之年。

老翻译家或许能给这尊孤独的普希金些许安慰。许多人忘记了当初是如何用自己的手毁掉了美好的事物，当然便不会珍惜美好的失而复得。而年轻人漠视那段悲惨的历史，只沉浸在金庸或琼瑶的故事书里，哪里会有老翻译家那份浓厚的情怀，涌动老翻译家那般刻骨铭心的思绪？据说残酷的沙皇读了普希金的诗还曾讲过这样的话："谢谢普希金，他的诗感发了善良的感情！"而我们却不容忍普希金，不是把他推倒，便是把他孤零零地抛在街头。

我忽然想起普希金曾经对于春天的诅咒——

啊,春天,春天,
你的出现对我是多么沉重,
……
还是给我飞旋的风雪吧,
我要漫长的冬天的幽暗。

有几人能如老翻译家那样理解普希金呢?过去成了一页轻轻揭去的日历,眼前难以抵挡春日的诱惑,谁还愿意去在凛冽风雪中洗涤自己的灵魂呢?

离开上海的那天下午,我邀上朋友再一次来到普希金的铜像旁。阳光很好,碎金子一般缀满普希金的脸庞。真好,这一次普希金不再孤独,身旁的石凳上正坐着一个外乡人。我为遇到知音而兴奋,跑过去一看,失望透顶。他手中拿着计算器正在算账,很投入。他的额头渗出细细的汗珠。

再到普希金像的正面,我的心更像被猫咬一般难受。石座底部刻有"普希金(1799—1837)"字样,偏偏"金"字被黄粉笔涂满。莫非人们只识得普希金中的"金"字吗?

我们静静地坐在普希金塑像旁的石凳上,什么话也说不出来。阳光和微风在无声流泻。我们望着普希金,普希金也望着我们。

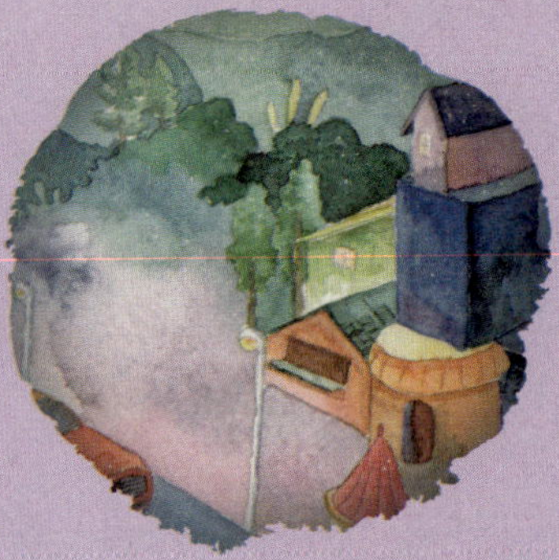

第四辑 佛手之香

母亲

那一年，我的生母突然去世，我不到 8 岁，弟弟才 3 岁多一点儿，我俩朝爸爸哭着闹着要妈妈。爸爸办完丧事，自己回了一趟老家。他回来的时候，给我们带回来了她，后面还跟着一个不大的小姑娘，爸爸指着她，对我和弟弟说："快，叫妈妈！"弟弟吓得躲在我身后，我噘着小嘴，任爸爸怎么说，就是不吭声。"不叫就不叫吧！"她说着，伸出手要摸摸我的头，我拧着脖子闪开，就是不让她摸。

望着这陌生的娘俩儿，我首先想起了那无数人唱过的凄凉小调："小白菜呀，地里黄呀，两三岁呀，没有娘呀……"我不知道那时是一种什么心绪，总是用忐忑不安的眼光偷偷看她和她的女儿。

在以后的日子里，我从来不喊她妈妈，学校开家长会，我硬愣把她堵在门口，对同学说："这不是我妈。"有一天，我把妈妈生前的照片翻出来挂在家里最醒目的地方，以此向后娘示威，怪了，她不但不生气，而且常常踩着凳子上去擦照片上的灰尘。有一次，她正擦着，我突然地向她大声喊着，"你别碰我的妈妈"。好几次夜里，我听见爸爸在和她商量"把照片取下来吧？"而她总是说"不碍事儿，挂着吧！"头一次我对她产生了一种说不出的好感，但我还是不愿叫她妈妈。

孩子没有一个是省油的灯，大人的心操不完。我们大院有块平坦、宽敞的水泥空场，那是我们孩子的乐园，我们没事便到那儿踢球、跳皮筋，或者漫无目的地疯跑。一天上午，我被一辆突如其来的自行车撞倒，我重重地摔在了水泥地上，立刻晕了过去。等我醒来的时候，已经躺在医院里了。大夫告诉我："多亏了你妈呀！她一直背着你跑来的，生怕你留下后遗症，长大可得好好孝顺呀……"

她站在一边不说话，看我醒过来俯下身摸摸我的后脑勺，又摸摸我的脸。我不知怎么搞的，我第一次在她面前流泪了。

"还疼？"她立刻紧张地问我。

我摇摇头，眼泪却止不住。

"不疼就好，没事就好！"

回家的时候，天早已经全黑了。从医院到家的路很长，还要穿过一条漆黑的小胡同，我一直伏在她的背上。我知道刚才她就是这样背着我，跑了这么远的路往医院赶的。

以后的许多天里，她不管见爸爸还是见邻居，总是一个劲儿埋怨自己，"都赖我，没看好孩子！千万别落下病根呀……"好像一切过错不在那硬邦邦的水泥地,不在我的调皮,而全在于她。一直到我活蹦乱跳一点儿没事了,她才舒了一口气。

没过几年,三年自然灾害就来了。只是为了省出家里一口人吃饭,她把自己的亲生闺女,那个老实、听话,像她一样善良的小姐姐嫁到了内蒙古,那年小姐姐才18岁。我记得特别清楚,那一天,天气很冷,爸爸看小姐姐穿得太单薄了,就把家里唯一一件粗线毛大衣给小姐姐穿上。她看见了,一把给扯了下来,"别,还是留给她弟弟吧。啊?"车站上,她一句话也没说,是在火车开动的时候,她向女儿挥了挥手。寒风中,我看见她那像枯枝一样的手臂在抖动。回来的路上,她一边走一边唠叨:"好啊,好啊,闺女大了,早点寻个人家好啊,好。"我实在是不知道人生的滋味儿,不知道她一路上唠叨的这几句话是在安抚她自己那流血的心,她也是母亲,她送走自己的亲生闺女,为的是两个并非亲生的孩子,世上竟有这样的后母?

望着她那日趋隆起的背影,我的眼泪一个劲

儿往上涌,"妈妈!"我第一次这样称呼了她,她站住了,回过头,愣愣地看着我不敢相信这是真的。我又叫了一声"妈妈",她竟"呜"的一声哭了,哭得像个孩子。多少年的酸甜苦辣,多少年的委屈,全都在这一声"妈妈"中融解了。

母亲啊,您对孩子的要求就是这么少……

这一年,爸爸有病去世了。妈妈她先是帮人家看孩子,以后又在家里弹棉花、攥线头,妈妈就是用弹棉花、攥线头挣来的钱供我和弟弟上学。望着妈妈每天满身、满脸、满头的棉花毛毛,我常想亲娘又怎么样?!从那以后的许多年里,我们家的日子虽然过得很清苦,但是,有妈妈在,我们仍然觉得很甜美。无论多晚回家,那小屋里的灯总是亮的,橘黄色的火里是妈妈跳跃的心脏,只要妈妈在,那小屋便充满温暖,充满了爱。

我总觉得妈妈的心脏会永远地跳跃着,却从来没想到,我们刚大学毕业的时候,妈妈却突然倒下了,而且再也没有起来。

妈妈,请您在天之灵能原谅我们,原谅我们儿时的不懂事,而我却永远也不能原谅自己。我知道在这个世界上,我什么都可以忘记,却永远不能忘记您给予我们的一切……

世上有一部书是永远写不完的,那便是母亲。

荔枝

我第一次吃荔枝,是 28 岁的时候。那时,我刚从北大荒回到北京,家中只有孤零零的老母。我站在荔枝摊前,脚挪不动步。那时,北京很少见到这种南国水果,时令一过,不消几日,再想买就买不到了。想想活到 28 岁,居然没有尝过荔枝的滋味,再想想母亲快 70 岁的人了,也从来没有吃过荔枝呢!虽然一斤要好几元,挺贵的,咬咬牙,还是掏出钱买上一斤。那时,我刚在郊区谋上中学老师的职,衣袋里正有当月 42 元半的工资,硬邦邦的,鼓起几分胆气。我想让母亲尝尝鲜,她一定会高兴的。

回到家,还没容我从书包里掏出荔枝,母亲先端出一盘沙果。这是一种比海棠大不了多少的小果子,居然每个都长着疤,有的还烂了皮,只是让母亲一一剜去了疤,洗得干干净净。每个沙果都显得晶光透亮,沾着晶莹的水珠,果皮上红的纹络显得格外清晰。不知老人家洗了几遍才洗成这般模样。我知道这一定是母亲买的处理水果，每斤顶多5分或者1角。居家过日子，老人就这样一辈子过来了。不知怎么搞的，我一时竟不敢掏出荔枝，生怕母亲骂我大手大脚，毕竟这是那一年里我买的最昂贵的东西了。

我拿了一个沙果塞进嘴里，连声说真好吃，又明知故问多少钱一斤，然后不住口说真便宜——其实，母亲知道那是我在安慰她而已，但这样的把戏每次依然让她高兴。趁着她高兴的劲儿，我掏出荔枝："妈！今儿我给您也买了好东西。"母亲一见荔枝，脸立刻沉了下来："你财主了怎么着？这么贵的东西，你……"我打断母亲的话："这么贵的东西，不兴咱们尝尝鲜！"母亲扑哧一声笑了，青筋突兀的手不停地抚摸着荔枝，然后用小拇指甲盖划破荔枝皮，小心翼翼地剥开皮又不让皮掉下，手心托着荔枝，像是托着一只刚刚啄破蛋壳的小鸡，那样爱怜地望着舍不得吞下，嘴里不住地对我说："你说它是怎么长的？怎么红皮里就长着这么白的肉？"毕竟是第一次吃，毕竟是好吃！母亲竟像孩子一样高兴。

那一晚，正巧有位老师带着几个学生突然到我家做客，望着桌上这两盘水果有些奇怪。也是，一盘沙果伤痕累累，一盘荔枝玲珑剔透，对比过于鲜明。说实话，自尊心与虚荣心齐头并进，我觉得自己仿佛是那盘丑小鸭般的沙果，真恨不得变戏法一样把它一下子变走。母亲端上茶来，笑吟吟顺手把沙果端走，那般不经意，然后回过头对客人说："快尝尝荔枝吧！"说得那般自然、妥帖。

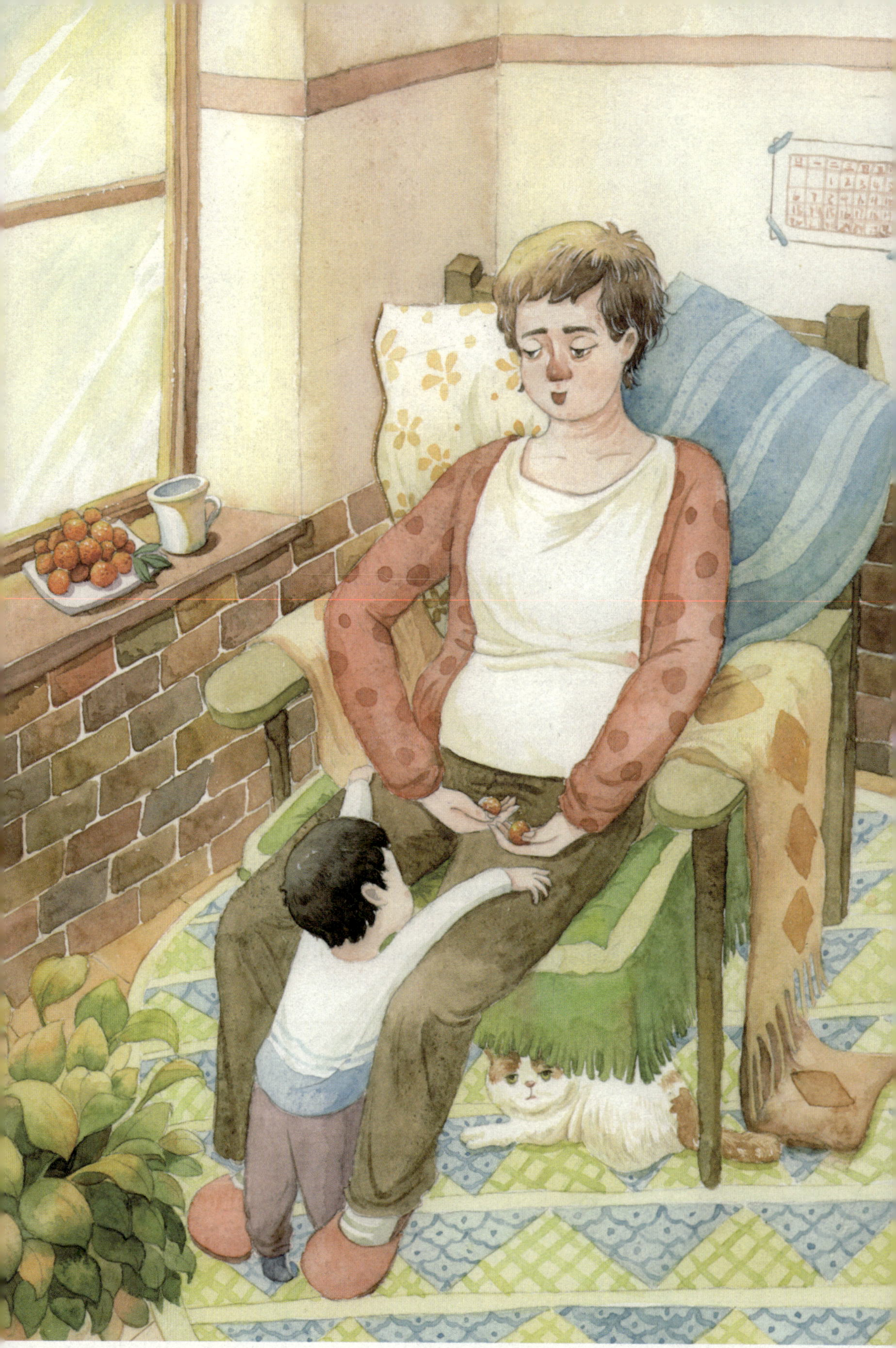

母亲很喜欢吃荔枝，但是她舍不得吃，每次都把大个的荔枝给我吃。以后每年的夏天，不管荔枝多贵，我总要买上一两斤，让母亲尝尝鲜。荔枝成了我家一年一度的保留节目，一直延续到三年前母亲去世。

母亲去世前是夏天，正赶上荔枝刚上市。我买了好多新鲜的荔枝，皮薄核小，鲜红的皮一剥掉，白中泛青的肉蒙着一层细细的水珠，仿佛跑了多远的路，累得张着一张张汗津津的小脸。是啊，它们整整跑了一年的长路，才又和我们阔别重逢。我感到慰藉的是，母亲临终前一天还吃到了水灵灵的荔枝，我一直认为是天命，是母亲善良忠厚一生的报偿。如果荔枝晚几天上市，我迟几天才买，那该是何等的遗憾，会让我产生多少无法弥补的痛楚。

其实，我错了。自从家里添了小孙子，母亲便把原来给儿子的爱分给孙子一部分。我忽略了身旁小馋猫的存在，他再不用熬到28岁才能尝到荔枝，他还不懂得什么叫珍贵，什么叫舍不得，只知道想吃便张开嘴巴。母亲去世很久，我才知道母亲临终前一直舍不得吃一颗荔枝，都给了她心爱的太馋嘴的小孙子吃了。

而今，荔枝依旧年年红。

苦瓜

原来我家有个小院，院里可以种些花草和蔬菜。这些活儿，都是母亲特别喜欢做的。把那些花草蔬菜侍弄得姹紫嫣红，像是给自己的儿女收拾得眉清目秀，招人眼目，母亲的心里很舒坦。

那时，母亲每年都特别喜欢种苦瓜。其实这么说并不准确，是我特别喜欢苦瓜。刚开始，是我从别人家里要回苦瓜籽，给母亲种，并对她说："这玩艺儿特别好玩，皮是绿的，里面的瓤和籽是红的！"我之所以喜欢苦瓜，最初的原因是它里面的瓤和籽格外吸引我。苦瓜结在架上，母亲一直不摘，就让它们那么老着，一直挂到秋风起时，越老，它们里面的瓤和籽越红，红得像玛瑙、像热血、像燃烧了一天的落日。当我兴奋地将这像船一样盛满了鲜红欲滴的瓤和籽的苦瓜掰开时，母亲总要眯缝起昏花的老眼看着，露出和我一样喜出望外的神情，仿佛那是她的杰作，是她才能给予我的欧·亨利式的意外结尾，让我看到苦瓜最终具有了这朝阳般的血红和辉煌。

以后，我发现苦瓜做菜其实很好吃。无论做汤，还是炒肉，都有一种清苦味。那苦味，格外别致，既不会传染给肉或别的菜，又有一种苦中蕴含的清香，和苦味淡去的清新。

像喜欢院子里母亲种的苦瓜一样，我喜欢上了苦瓜这一道菜。每年夏天，母亲经常都会从小院里摘下沾着露水珠的鲜嫩的苦瓜，给我炒一盘苦瓜青椒肉丝。它成了我家夏日饭桌上一道经久不衰的家常菜。

自从这之后，再也见不到鲜红欲滴的苦瓜瓤和籽了，因为再等不到那个时候了。

这样的菜，我一直吃到离开了小院，搬进了楼房。住进楼房，我依然爱吃这样的菜，只是再也吃不到母亲亲手种、亲手摘的苦瓜了，只能吃母亲亲手炒的苦瓜了。

一直吃到母亲六年前去世。

如今，依然爱吃这样的菜，只是母亲再也不能为我亲手到厨房去将青嫩的苦瓜切成丝，再掂起炒锅亲手将它炒熟，端上自家的餐桌了。

因为常吃苦瓜，便常想起母亲。其实，母亲并不爱吃苦瓜。除了头几次，在我一再的怂恿下，她勉强动了几筷子，皱起眉头，便不再问津。母亲实在忍受不了那股异样的苦味。她说过，苦瓜还是留着看红瓤红籽好。可是，每年夏天当苦瓜爬满架时，她依然为我清炒一盘我特别喜欢吃的苦瓜肉丝。

最近，看了一则介绍苦瓜的短文，上面有这样一段文字："苦瓜味苦，但它从不把苦味传给其他食物。用苦瓜炒肉、焖肉、炖肉，肉丝毫不沾其苦味，故而人们美其名曰，'君子菜'。"

不知怎么搞的，这段话让我想起母亲。

酸菜

又到了冬天,又到了吃酸菜的时候了。

如今吃酸菜,只有到副食店里去买,每袋一元八角,是那种经过科学高速发酵的科技产品。方便倒是方便了,而且颜色白白的,清清爽爽,只是觉得味道怎么也赶不上母亲渍过的酸菜。也曾经到私人那里买过人工渍过的酸菜,质量更是没有保证。还曾经到过专门经营东北风味菜肴的饭店买过酸菜炒粉或酸菜氽白肉,过细的加工,倒吃不出酸菜的原汁原味了。

渍酸菜,的确是一门学问。每年到了冬天,大白菜上市以后,母亲都要买好多大白菜储存起来。一般,母亲都是把颗大、包心的好菜,用废报纸包好,再用破棉被盖好,剩下那些没心或散心、帮子多又大的次菜,用来渍酸菜。酸菜的出身比较贫贱,和母亲那样居家过日子的普通妇女一样。

我家有个酱红色的小缸,是母亲专门用来渍酸菜的。那缸的历

史几乎和我的年龄不相上下，因为打我记事时起，母亲就用它来渍酸菜。每年母亲渍酸菜，是把它当成大事来办的，因为几乎一冬全家的酸菜熬肉或酸菜粉丝汤或酸菜馅饺子，都指着它了。母亲先要把缸里里外外擦得干干净净，然后烧一锅滚开的水，把一棵白菜一刀切开四瓣，扔进锅里一渍，捞将出来，等它凉后码放在缸里，一层一层撒上盐，再浇上一圈花椒水。这些先后的顺序是不能变的，而且绝对不让人插手帮忙。最后，在缸口包上一层纸，不能包塑料布或别的什么，那样不透气，酸菜和人一样，也得喘匀了气才行，渍出来才好吃。

那时候，只关心吃，不操心别的，不知道母亲到底渍酸菜要渍多少时候，便没有把母亲这门手艺学到手。只记得不到时候，母亲是不允许别人动她这个宝贝缸的。当她的酸菜渍好了，她亲手为全家做一盆酸菜熬肉或酸菜粉丝汤，看着我和弟弟狼吞虎咽，吃得香喷喷，她满脸的皱纹便绽开一朵金丝菊。对于母亲，渍酸菜是变废为宝，是把菜帮子变成了上得席面的一道好吃的菜，是用有限的钱过无限的日子，并把这日子尽量过得有滋有味。那时候，是母亲的节日。

母亲渍的酸菜伴我度过整个童年、青年，甚至大半个壮年时期。自从母亲那年的夏天突然去世，我吃的酸菜只有到副食店里去买了。

母亲渍的酸菜确实好吃，不像现在买的酸菜，不是不酸，就是太酸；不是硬得嚼不动，就是绵得没嚼头。其实，酸菜不是什么上等的名菜，母亲渍酸菜的技术是年轻时在老家闹饥荒时学来的，她好多次说那时候渍的酸菜是什么呀，净是捡来的烂菜帮……像现在的孩子不爱听父母讲过去的陈芝麻烂谷子一样，那时我也不爱听。母亲去世之后，我自己也曾经学着渍过酸菜，但那味道总不地道。我知道，艰苦时学到的学问是刻进骨髓的，平常的日子只能学到皮毛。

如今，我只有到副食店里去买酸菜。如今，只有母亲渍过大半辈子的酸菜缸还在。

母亲的月饼

中国的节日一般都是和吃联系在一起的，这和中国传统的节气相关，每一个节日都是和节气呼应着的，便每一个节日都有一个和节气相关联的吃食做主角。又快到中秋节了，主角当然是月饼，只可惜近两年来，南京冠生园的黑心月饼和豪华包装的天价月饼相继登场，让中秋节跟着吃瓜落儿。

记得我小时候每到中秋节是特别羡慕店里卖的自来红、自来白、翻毛、提浆，那时就只是这样传统月饼老几样，哪里有如今又是水果馅又是海鲜馅，居然还有什么人参馅，花脸一样百变时尚起来。可那时北京城里中秋的月饼绝对的地道，做工地道，包装也地道，装在油篓或纸匣子里，顶上面再包一张红纸，简朴，却透着喜兴，旧时有竹枝词写道："红白翻毛制造精，中秋送礼遍都城。"

只是那时家里穷，买不起月饼，年年中秋节，母亲都是自己做月饼。说老实话，她老人家的月饼不仅远远赶不上致美斋或稻香村的味道，就连我家门口小店里的月饼的味道也赶不上。但母亲做月饼总是能够给全家带来快乐，节日的气氛，就是这样从母亲开始着手做月饼弥漫开来的。

母亲先剥好了瓜子、花生和核桃仁，掺上桂花和用擀面杖擀碎的冰糖渣儿，撒上青丝红丝，再浇上香油，拌上点儿湿面粉，切成一小方块一小方块的，便是月饼馅了。然后，母亲用香油和面，用擀面杖擀成圆圆的小薄饼，包上馅，再在中间点上小红点儿，就开始上锅煎了。怕饼厚煎不熟，母亲总是把饼用擀面杖擀得很薄，我总觉得这样薄，不是和一般的馅饼一样了吗？而店里卖的月饼，都是厚厚的，就像京戏里武生或老生脚底下踩着厚厚的高底靴，那才叫角儿，那才叫做月饼嘛。

每次和母亲争，母亲都会说："那是店里的月饼，这是咱家的月饼。"这样简单的解释怎么能够说服我呢？我便总觉得没有外面店里卖的月饼好，嘴里吃着母亲做的月饼，心里还是惦记着外面店里卖的月饼，总觉得外面的月亮比自己家里的圆，这山望着那山高。其实，母亲亲手做的月饼，是外面绝对买不到的月饼。当然，我明白这一点，是在长大以后，小时候，孩子都是不大懂事的。

好多年前，母亲还在世的时候，中秋节时，我别出心裁请母亲动手再做做月饼给全家吃，其实，是为了给儿子吃。那时，儿子刚刚上小学，为了让他尝尝以往艰辛日子的味道，别一天到晚吃凉不管酸。多年不自己做月饼的母亲来了劲儿，开始兴致勃勃地做馅、和面、点红点儿，上锅煎饼，一个人忙活儿，满屋子香飘四溢。月饼做得了，儿子咬了两口就扔下了。他还是愿意到外面去买商店里的月饼吃，特别要吃双黄莲蓉。

如今，谁还会在家里自己动手做月饼？谁又会愿意吃这样的月饼呢？都说岁月流逝，其实，流逝的岂止是岁月？

窗前的母亲

在家里，母亲最爱待的地方就是窗前。

自从搬进楼房，母亲很少下楼，我们都嘱咐她，她自己也格外注意，知道楼层高楼梯又陡，自己老了，腿脚不利落，磕着碰着，给孩子添麻烦。每天，我们在家的时候，她和我们一起忙乎着做家务，脚不拾闲儿，我们一上班，孩子一上学，家里只剩下她一个人，没什么事情可干，大部分的时间里，她总是待在窗前。

那时，母亲的房间，一张床紧靠着窗子，那扇朝南的窗子很大，几乎占了一面墙，母亲坐在床上，靠着被子，窗前的一切就一览无遗。阳光总是那样的灿烂，透过窗子，照得母亲全身暖洋洋的，母亲就像一株向日葵似的特别爱追着太阳烤着，让身子有一种暖烘烘的感觉。有时候，不知不觉地就倚在被子上睡着了。一个盹打过来，睁开眼睛，她会接着望着窗外。

窗外有一条还没有完全修好的马路，马路的对面是一片工地，恐龙似的脚手架，簇拥着正在盖起的楼房，切割着那时湛蓝的蓝天，遮挡住了再远的视线。由于马路没有完全修好，来往的车辆不多，人也很少，窗前大部分时间是安静的，只有太阳在悄悄地移动着，从窗子的这边移到了另一边，然后移到了窗后面，留给母亲一片阴凉。

我们回家，只要走到了楼前，抬头望一下家里的那扇窗子，就能够看见母亲的身影。窗子开着的时候，母亲花白的头发会迎风摆动，窗框就像一个恰到好处的画框。等我们爬上楼梯，不等掏出门钥匙，门已经开了，母亲站在门口。不用说，就在我们在楼下看见母亲的时候，母亲也望见了我们。那时候，我们出门永远不怕忘记带房门的钥匙，有母亲在窗前守候着，门后面总会有一张温暖的脸庞。即使是晚上很晚我们回家，楼下已经是一片黑乎乎的了，在窗前的母亲也能看见我们。其实，她早老眼昏花，不过是凭感觉而已，不过，那感觉从来都十拿九稳，她总是那样及时地出现在家门的后面，替我们早早地打开了门。

母亲最大的乐趣，是对我们讲她这一天在窗前看见的新闻。她会告诉我们今天马路上开过来的汽车比往常多了几辆，今天对面的路边卸下好多的沙子，今天咱们这边的马路边栽了小树苗，今天她的小孙子放学和同学一前一后追赶着，跟风似的呼呼地跑，今天还有几只麻雀落在咱家的窗台上……都是些平淡无奇的小事，但她有枣一棍子，没枣一棒子地讲起来会津津有味。

母亲不爱看电视，总说她看不懂那玩意儿，但她看得懂窗前这一切，这一切都像是放电影似的，演着重复的和不重复的琐琐碎碎的故事，沟通着她和外界的联系，也沟通着她和我们的联系。有时候，望着窗前的一切，她会生出一些东一榔头西一棒子的联想，大多是些陈年往事，不是过去住平房时的陈芝麻烂谷子，就是沉淀在农村老家她年轻的回忆。听母亲讲述这些八杆子都打不到一起的事情的时候，我感到岁月的流逝，人生的沧桑，就是这样在她的眼睛里和窗前闪现着。有时候，我偶尔会想，要是把母亲这些都写下来，才是真正的意识流。

母亲在这个新楼里一共住了5年。母亲去世以后，好长一段时间，我出门总是忘记带钥匙。而每一次回家走到楼下的时候，总是习惯地望望楼上家的窗前，空荡荡的窗前，像是没有了画幅的一个镜框，像是没有了牙齿的一张瘪嘴。这时，才明白那5年时光里窗前曾经闪现的母亲的身影，对我们是多么的珍贵而温馨；才明白窗前有母亲的回忆，也有我们的回忆；也才明白窗前该落有并留下了多少母亲企盼的目光。

当然，就更明白了：只要母亲在，家里的窗前就会有母亲的身影。那是每个家庭里无声却动人的一幅画。

花边饺

　　小时候,包饺子是我家的一桩大事。那时候,家里生活拮据,吃饺子当然只能等到年节。平常的日子,破天荒包上一顿饺子,自然就成了全家的节日。这时候,妈妈威风凛凛,最为得意,一手和面,一手调馅,馅调得又香又绵,面和得软硬适度,最后盆手两净,不沾一星面粉。然后妈妈指挥爸爸、弟弟和我,看火的看火、擀皮的擀皮、送皮的送皮,颇似沙场点兵。

　　一般,妈妈总要包两种馅的饺子,一种肉一种素。这时候,圆圆的盖帘上分两头码上不同馅的饺子,像是两军对弈,隔着楚河汉界。我和弟弟常捣乱,把饺子弄混,但妈妈不生气,用手指捅捅我和弟弟的脑瓜儿说:"来,妈教你们包花边饺!"我和弟弟好奇地看妈妈将包了的饺子沿儿用手轻轻一捏,捏出一圈穗状的花边,煞是好看,像小姑娘头上戴了一圈花环。我们却不知道妈妈要了一个小小的花招儿,她把肉馅的饺子都捏上花边,让我和弟弟连吃带玩地吞进肚里,

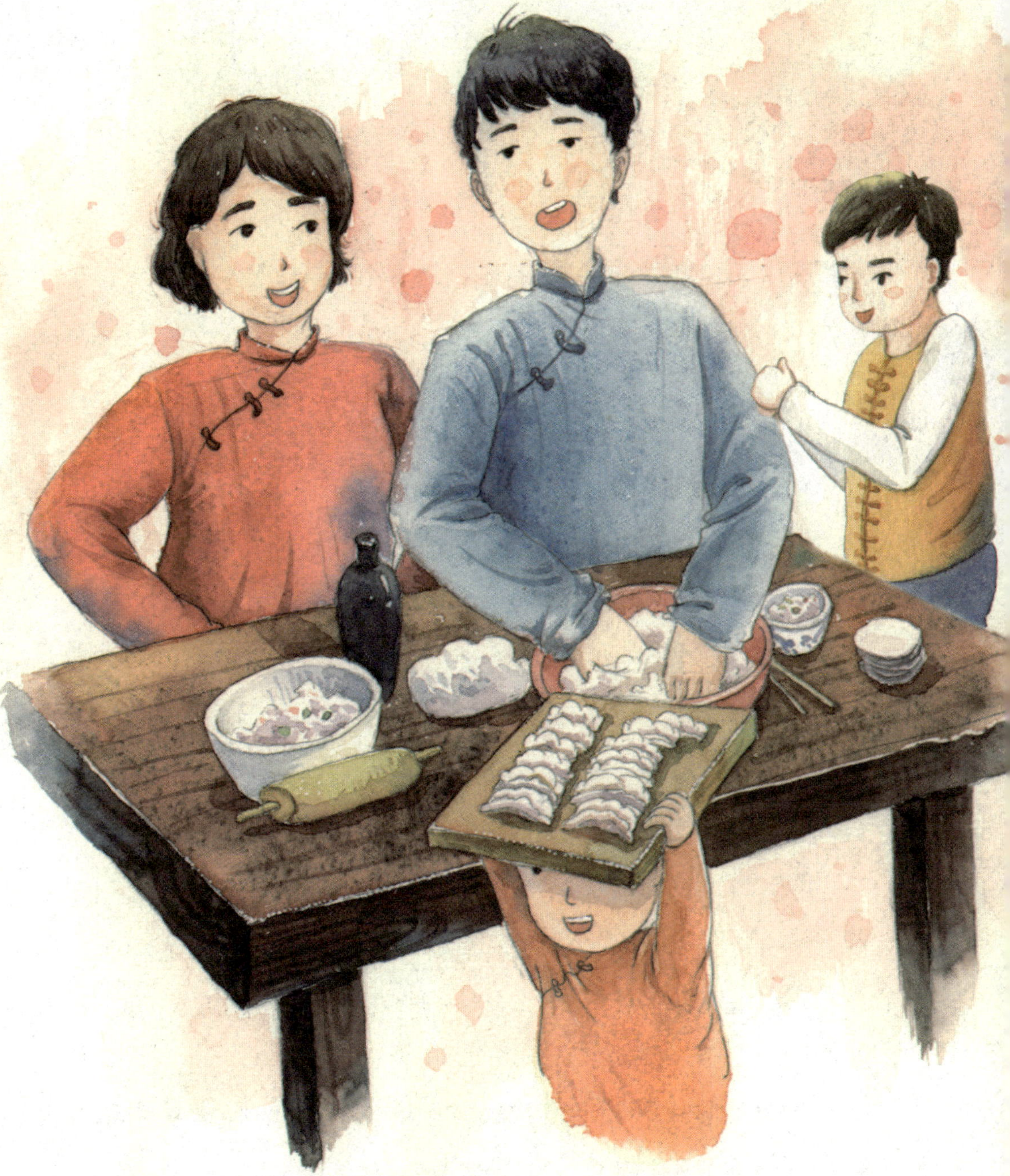

自己和爸爸却吃那些素馅的饺子。

那段艰苦的岁月,妈妈的花边饺,给了我们难忘的记忆。但是,这些记忆,都是长到自己做了父亲的时候,才开始清晰起来,仿佛它一直沉睡着,我们必须用经历的代价才可以把它唤醒。

自从我能写几本书以后,家里的经济状况好转,饺子不再是什么圣餐。想起那些个辛酸和我不懂事的日子,想起妈妈自父亲去世后独自一人艰难度日的情景,我想起码不能再让妈妈吃的再受委屈了。我曾拉妈妈到外面的餐馆开开洋荤,她连连摇头:"妈老了,腿脚不利索,懒得下楼啦!"我曾在菜市场买来新鲜的鱼肉或时令蔬菜,回到家里自己做,妈妈并不那么爱吃,只是尝几口便放下筷子。我便笑妈妈:"您呀,真是享不了福!"

后来,我明白了,尽管世上食品名目繁多,人的胃口花样翻新,妈妈雷打不动只爱吃饺子。那是她老人家几十年一贯历久常新的最佳食谱。我知道唯一的方法是常包饺子。每逢我买回肉馅，妈妈看出要包饺子了，立刻麻利地系上围裙，先去和面，再去调馅，绝对不让别人插手。那精神气儿，又回到我们小时候。

那一年大年初二，全家又包饺子。我要给妈妈一个意外的惊喜，因为这一天是她老人家的生日。我包了一个带糖馅的饺子，放进盖帘一圈圈饺子之中，然后对妈妈说："今儿您要吃着这个带糖馅的饺子，您一准儿是大吉大利！"

妈妈连连摇头笑着说："这么一大堆饺子，我哪儿那么巧能有福气吃到？"说着，她亲自把饺子下进锅里。饺子如一尾尾小银鱼在翻滚的水花中上下翻腾，充满生趣。望着妈妈昏花的老眼，我看出来她是想吃到那个糖饺子呢！

热腾腾的饺子盛上盘，端上桌，我往妈妈的碟中先拨上三个饺子。第二个饺子妈妈就咬着了糖馅，惊喜地叫了起来："哟！我真的吃到了！"我说："要不怎么说您有福气呢？"妈妈的眼睛笑得眯成了一条缝。

其实，妈妈的眼睛实在是太昏花了。她不知道我耍了一个小小的花招，用糖馅包了一个有记号的花边饺。

那曾是她老人家教我包过的花边饺。

豆包儿

如今的豆包儿，很少有人在家里自己做了，一般都会到外面买。外面卖的豆包儿，馅大多用的是红豆沙，这种红豆沙，是机械化批量生产的产物，稀烂如泥，豆子是一点儿也看不到的，自然，红小豆的豆粒那种沙沙的独有味道，也就大减，甚至索性全无。要想尝到那种味道，只有自己动手将红小豆下锅熬煮，不用说，这样传统的法子，费时费力又费火，谁还愿意做这种豆包儿？

在北京，唯有柳泉居几家老字号的豆包儿，一直坚持用这样的传统方法熬制豆馅，制作豆包儿。就因为费时费力又费火的缘故，如今柳泉居小小的豆包儿，一个卖到两元钱，价钱涨了不少。而且，皮厚馅少，塞进嘴里，那种豆粒的沙沙感觉，让位给了皮的面香。这绝对不是老北京豆包的做法，老北京的豆包儿，讲究的是皮薄馅大。这和包饺子的道理一样，主角必须得是馅，一口咬下，满口豆香，才能够吃出豆包儿独有的味道。

小时候，我吃的豆包儿，都是我母亲做的。那时候，包豆包儿，不会经常，一般在改善一下生活的时候。春节前，必定是要包上满满一锅的，上锅之前，母亲还要在每个豆包儿上面点上一个小红点儿，出锅的时候，豆包儿变得白白胖胖，小红点儿像用指甲草或胭脂花抹上的小红嘴唇，格外喜兴。豆包儿，便显得和节日一样的喜兴了。

因此，每次母亲包豆包儿，都会像过节一样，在我家是件大事。包豆包儿的重头戏，在于熬馅。我家有一口炒菜的大铁锅和一个蒸馒头的铝锅，熬豆馅必得用铁锅，至于有什么道理，母亲是讲不出来的，只是说用铁锅熬出的豆馅好吃。说完之后，母亲觉得说的好像没有说服力，会进一步解释：你看炖肉是不是也得用铁锅？没有用铝锅的吧？这样解释之后，她觉得道理已经充足了。

熬豆馅的重头戏，在于熬的火候。红小豆和凉水一起下锅，一次要把水加足。不能在熬到半截时看着水不够，一次次的加水，逗着玩！母亲这样说的时候，同时把枣下进锅里。那枣是早就用开水泡好，一切两半，去核去皮了的。我老家是河北沧县，出金丝小枣，但母亲从来不会用这种金丝小枣，用的是那种肉厚实的大红枣。用小枣煮出的豆馅没有枣的香味，那种金丝小枣，母亲会用它来蒸枣馒头。

水开之后，大火要改小火，还要用勺子不停地搅动，免得豆子扒锅。豆子不能熬得过烂，烂成一摊泥，豆子的香味就没有了。也不能熬得太稀，太稀包不成个儿不说，豆子的香味也就没有了。母亲包的豆包儿，馅一般会比较干，不会有那种黏稠的豆液出现，开花之后的红小豆的豆粒的存在感非常明显，咬起来，沙沙的，豆子虽然被煮烂了，但是小小的颗粒还在，没有完全变成另一种形态，很实在的豆子的感觉和豆子的香味，会长久在嘴里回荡，不像现在卖的豆包那样稀软如同脚踩在泥塘里的感觉。按照那时母亲的话说，那是把豆子给熬得没魂儿了！按照我长大以后开玩笑对母亲说的话是，就像唱戏，那样的豆馅是属于大众甜面酱的嗓子，您熬的这豆馅属于云遮月的嗓子。

　　豆馅熬得差不多了，放糖，是放红糖，不能放白糖。吃豆包和吃年糕不一样，吃年糕要放白糖，吃豆包必须放红糖。这个规矩，是母亲从上辈那里传下来的，是不能变的。只是，在闹灾荒的那几年，买什么糖都得要票，不是坐月子的或闹病的，红糖更是难淘换。没有办法，只有改用糖精，豆馅的味道差得太多，母亲嫌丢了自己的脸，那几年，豆包儿很少包了。

　　我长大以后，特别是大学毕业之后，自以为见多识广，建议母亲再包豆包儿熬馅的时候，加上一点儿糖桂花，味道会更好的。母亲不大相信，在她的眼里，糖桂花那玩意儿是南方货，包元宵和汤圆在馅里加一点儿可以，她包了一辈子豆包儿，从来没有加过这玩意儿。别遮了味儿！她摇摇头说，坚持她的老法子。我说不服她，由她去。

　　如今，母亲去世多年，买来的豆包儿都会加有糖桂花，母亲包的没有糖桂花的豆包儿，却再也吃不到了。

剪纸

那天,我带孙子高高去美术馆看马蒂斯的剪纸。这个题名为"马蒂斯剪纸:'爵士'"的展览,是马蒂斯的一组剪纸画,共有 20 幅。这是 1942 年时马蒂斯的作品,那时,马蒂斯 73 岁,信手拿起了剪刀和纸。剪刀在他的手中,鬼魂附体一般,灵动如仙;鲜艳的色块和诡异的线条,充满难得的童趣,让我看到了他绘画艺术的另一面。

我指着马蒂斯的剪纸,问高高:好看吗?他回答我说:挺好玩的!高高只有四岁半,他的这个回答,让我高兴,因为他没有顺着我的问话回答说好看,而是说好玩。剪纸,和正儿八经的油画不同,正在于好玩。油画,需要画笔、颜料、画布和画架,剪纸,只要一把剪刀和一张纸,就可以了。所以,剪纸来自民间,而不像油画来自宫廷和学院。

我和高高说话的时候,高高的爸爸正在前面,俯身趴在马蒂斯的一张剪纸前观看,不知道他看出了什么,又会想起什么。那一刻,我想起了他小时候，和高高差不多大的年纪，有一天，我和他妈妈有事外出，把他丢给奶奶照看。小孩子，没有一盏省油的灯，他开始磨着奶奶，和他一起玩，玩他的积木、魔方、变形金刚和电动火车。那时候，奶奶已经七十多岁了，哪里会玩他的这些新式玩具？便总在玩的时候出差错，不是积木坍塌，就是火车出轨。他玩的兴趣锐减，开始磨着奶奶要找爸爸妈妈。奶奶没有办法，从针线箩筐里拿出一把剪刀，让他找张纸，说奶奶教你剪纸吧！

孙子眨巴着眼睛，望着奶奶，有些奇怪，但听说剪纸，还是来了劲儿，飞快地跑去找纸去了。那时，我家里有很多杂志，花花绿绿的封面，正好成了剪纸的好材料。不一会儿，他抱来一摞杂志，递给奶奶说，你教我剪纸吧！

其实，奶奶哪里会什么剪纸！除了鞋样，她老人家一辈子也没有剪过一回纸，实在是被这个磨人精的小孙子磨得没招儿了。年轻的时候，在农村生活，她看过村里人剪纸，是过年的时候剪出的窗花和吊钱，贴在窗户上，挂在房檐前，红红火火的，吉祥，又好看。那些窗花里有很多如喜鹊登梅等好看却又复杂的图案，那些吊钱里元宝和福禄寿喜更复杂的图案，奶奶哪里会剪呀！奶奶是被赶上架，只好拿起剪刀，冲着杂志封面开剪了，完全是有枣一棍子，没枣一棒子，剪刀没有任何章法地随意游走。彩色的纸屑抖落在奶奶的衣襟上之后，剪出来的剪纸，虽然祖孙俩谁也认不出是什么花样，却都很开心。孙子说了句：真好玩，便从奶奶的手里拿过剪刀，冲着另一本杂志的封面下笊篱。他觉得原来剪纸这么简单，一点儿都不难。

我回家的时候，看见床上和地上都是彩色的纸屑，桌上铺满祖孙俩的杰作。他跑过来对我说，全是我和奶奶剪的，好看吗？我连说好看，那一幅幅剪纸，是比马蒂斯的剪纸还要抽象和野兽派，完全看不出剪出来的是什么东西。但是，随意甚至肆意的线条，如水如风，在彩色的纸上游龙戏凤，留下了祖孙俩心情和想象的痕迹。这些剪纸，让我第一次真正地意识到，包括剪纸和绘画在内的艺术，不见得都具象得让人看懂，关键是里面要有你的心情、想象和真挚的情感。

从此，很长一段时间，我家总会是一地彩色纸屑，如同开春后的五花草地。奶奶成为了孙子的剪纸老师，祖孙俩让家里的那些杂志变废为宝。我从他们两人的剪纸里各挑出一张，夹在我的笔记本里，让这些成为一段美好的记忆。

一晃，三十多年过去了，儿子长到我当年的年龄，而孙子和他当年一样大了。生命的循环，是以日子的逝去为代价的。那天，从美术馆回到家中，我拿出剪刀，对高高说，去，看看你爸爸那里有没有废杂志，爷爷教你剪纸！高高眨动着眼睛，好奇地问我："你会剪纸？像马蒂斯一样的剪纸？"我信心满满地对他说："对，比马蒂斯还要好看好玩的剪纸！"

又是一地彩色的纸屑。

母亲和莫扎特

今年是莫扎特诞辰 250 周年,想起了 17 年前夏天的一件事。母亲和莫扎特,是冥冥中的命运,把他们连在一起。其实,母亲目不识丁,根本没有想过这个世界上曾有过一位莫扎特。

那一年的夏天最难熬,我常去两个地方打发时光:一是月坛邮票市场,一是灯市口唱片公司。抱着邮票回家,邮票不会说话,任你摆弄,母亲只是悄悄坐在床头看我,看困了,便倒下睡着了,微微打着鼾。唱片不是邮票,买回来是要听的,而且,常觉得音量太小难听出效果,便把音量放大,震得满屋摇摇晃晃;又常在夜深人静时听,觉得那时才有韵味,才能把心融化。

母亲常无法休息。我几次对老人说:"吵您睡觉吧?"她总是摆摆手:"不碍的,听你的!"我问她:"好听吗?"她点着头:"好听!"其实,我知道,一切都是为了我。她总是默默地坐在床头,陪我听到很晚。母亲并不关心那个大黑匣中的贝多芬、马勒或曼托瓦尼,母亲只关心一个人，那便是我。

八月的一天的黄昏，我又来到了灯市口，偶然间看到一盘莫扎特《安魂曲》。我拿了起来，犹豫了一下，买还是不买？这是莫扎特最后一部未完成曲，拥有它是值得的，但是，我实在不大喜欢莫扎特。我一直觉得他缺少柴可夫斯基的忧郁、勃拉姆斯的挚情，更缺少贝多芬的深刻，我知道这是我的偏执，但在音乐面前喜欢与不喜欢，来不得半点虚假。

这一天黄昏，我空手而归，母亲还好好的，正坐在厨房里的小板凳上帮我择新买的小白菜和嫩葱。我问她："今晚您想吃点什么？"她像以往一样说："你想吃什么就做什么吧！"几十年，她就是这样辛苦操劳，却从不为自己提一点点要求。我炒菜，她像以往一样站在我旁边帮我打下手。晚饭后我听音乐，她像以往一样坐在床头默默陪我一起听，一直听到很晚、很晚……谁会想到，第二天老人家竟会溘然长逝呢？母亲依然如平日一样默默坐在床头，突然头一歪倒在床上，无疾而终，突然得让我的心一时无法承受。

丧事过后，我想起那盘《安魂曲》。莫非莫扎特在启迪我母亲即将告别这个世界，灵魂需要安慰？而我却疏忽了，只咀嚼个人的滋味？我很后悔没有买。如果买下那盘《安魂曲》，让母亲临别最后一夜听听也好啊！我甚至想，如果买下也许能保佑母亲不会那样突然而去呢！

我真感到对不住莫扎特，我真感到对不住母亲。

不要执意追求什么深刻，平凡、美好，本身不就是一种深刻吗？母亲太过于平凡，但给予孩子最后一刻的爱，难道不也是一种深刻吗？我看到梅纽因写过的一段话，说莫扎特的音乐"像一座火山斜坡上的葡萄园，外面幽美宁静，里面却是火热的！"我没有理解莫扎特，也没有理解母亲。

我鬼使神差又跑到灯市口，可惜，那张唱片没有了。

日子飞逝，母亲竟离我 17 年了。如今，盗版唱片臭了街。

生命不仅属于自己

母亲已经去世十几年了，怪得很，还是常在梦中见到，而且是那样清晰，她一如既往地绽开着皱纹纵横的笑容向我说着什么。一个人与一个人的生命就是这样系在一起，并不因为生命的结束而终止。

母亲在晚年曾经得过一场幻听式的精神分裂症的大病，折腾得她和我都不轻。记得那一年母亲终于大病初愈了，那时，我刚刚大学毕业留在学校教书。好几年一直躺在病床上，母亲消瘦了许多，体力明显不支，但总算可以不再吃药了，我和母亲都舒了一口气。记不得是从哪一天的清早开始，我被外屋的动静弄醒，忽然有些害怕。因为母亲以前得的是幻听式的精神分裂症，常常就是这样在半夜和清晨时突然醒来跳下床，我真是生怕她的旧病复发，一颗心禁不住一下子提到嗓子眼儿。我悄悄地爬起来往外看，只见母亲穿好了衣服，站在地上甩胳臂伸腿弯腰的，有规律地反复地动作着，那动作有些笨

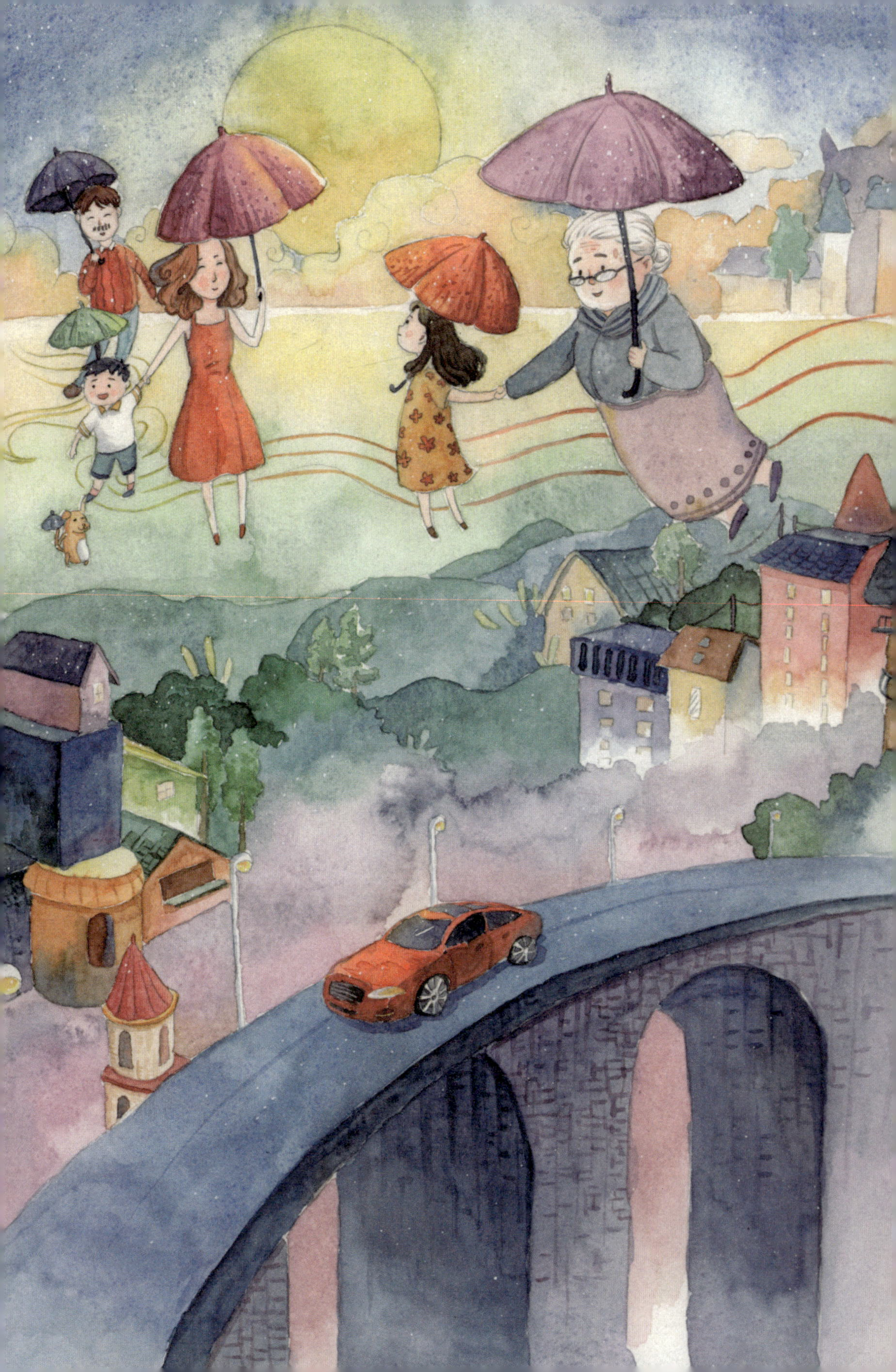

拙和呆滞，却很认真，看得出，显然是她自己编出来的早操，只管自己去练就是，根本不管也没有想到会被别人看见。我的心里一下子静了下来，母亲知道练身体了，这是好事，再老的人对生命也有着本能的向往。

大概母亲后来发现了她每早的锻炼吵醒了我的懒觉，便到外面的院子里去练她自己杜撰的那一套早操，她的胳臂腿比以前有劲多了，饭量也好多了，蓬乱的头发也梳理得整齐多了。正是冬天，清晨的天气很冷，我对母亲说："妈，您就在屋子里练吧，不碍事的，我睡觉死。"母亲却说："外面的空气好。"

也许到这时我也没能明白母亲坚持每早的锻炼是为了什么，以为仅仅是为了她自己大病痊愈后生命的延续。后来，有一次我开玩笑说她："妈，您可真行，这么冷，天天都能坚持！"她说："咳，练练吧，我身子骨硬朗点儿，省得以后给你们添累赘。"这话说得我的心头一沉，我才知母亲所做的一切是为了孩子，她把生命的意义看得是这样的直接和明了。在以后的很多日子里，我常常想起母亲的这话和她每天清早锻炼身体的情景，便感动不已。一直到母亲去世的那一天，她都没有给孩子添一点累赘。母亲是无疾而终，临终的那一天，她如同预先感知即将到来的一切似的，将自己的衣服包括袜子和手绢都洗得干干净净，整齐地叠放在柜里。她连一件脏衣服都没有给孩子留下来。

也许，只有母亲才会这样对待生命。她将生命不仅仅看成自己的，而是关系着每一个孩子，她就是这样将她的爱通过生命的方式传递着。

我们常说一个人和一个人感情是可以相通的，其实，一个人和一个人的生命更是可以相连的。

《暖心美读书》（名师导读美绘版）书目

序号	书名	作者
1	朝花夕拾	鲁迅
2	故乡	鲁迅
3	风筝	鲁迅
4	小橘灯	冰心
5	繁星·春水	冰心
6	荷塘月色	朱自清
7	城南旧事	林海音
8	呼兰河传	萧红
9	端午的鸭蛋	汪曾祺
10	鸟的天堂	巴金
11	落花生	许地山
12	济南的冬天	老舍
13	骆驼祥子	老舍
14	稻草人	叶圣陶
15	边城	沈从文
16	白鹅	丰子恺
17	丁香结	宗璞
18	我的童年	季羡林
19	顶碗少年	赵丽宏
20	心中的桃花源	梁衡
21	春酒·桂花雨	琦君
22	生命的化妆	林清玄
23	心是一只美丽的小箱子	毕淑敏
24	母亲的羽衣	张晓风
25	乡愁	余光中
26	珍珠鸟	冯骥才
27	你若盛开，蝴蝶自来	丁立梅
28	热爱生命	汪国真
29	微纪元	刘慈欣
30	假如给我三天光明	（美）海伦·凯勒 著 张雪峰 译
31	巨人的花园	（英）奥斯卡·王尔德 著 竞择 译
32	飞鸟集	（印）泰戈尔 著 郑振铎 冰心 译
33	名人传	（法）罗曼·罗兰 著 陈筱卿 译
34	培根随笔	（英）培根 著 周英 等 译
35	福尔摩斯探案集	（英）柯南·道尔 著 陈建华 译
36	去年的树	（日）新美南吉 著 朝颜 译
37	大林和小林	张天翼
38	宝葫芦的秘密	张天翼

39	我们的母亲叫中国	苏叔阳
40	霹雳贝贝	张之路
41	第七条猎狗	沈石溪
42	蟋蟀	任大霖
43	"下次开船"港	严文井
44	小兵张嘎	徐光耀
45	小英雄雨来	管桦
46	神笔马良	洪汛涛
47	妹妹的红雨鞋	林焕彰
48	班长下台	桂文亚
49	外婆叫我毛毛	梅子涵
50	鱼灯	高洪波
51	我要做好孩子	黄蓓佳
52	今天我是升旗手	黄蓓佳
53	小水的除夕	祁智
54	纸人	殷健灵
55	开开的门	金波
56	一百个中国孩子的梦	董宏猷
57	十四岁的森林	董宏猷
58	少年的荣耀	李东华
59	校园三剑客	杨鹏
60	魔法学校·三眼猫	葛竞
61	魔法学校·小女巫	葛竞
62	生命中不能错过什么	周国平
63	面朝大海，春暖花开	海子
64	旷野上的星星	徐鲁
65	九月的冰河	薛涛
66	蘑菇圈	阿来
67	独草莓	肖复兴
68	你是我的妹	彭学军
69	乍放的玫瑰	汪玥含
70	水流轻轻	谢倩霓
71	闪闪的红星	李心田
72	飞向人马座	郑文光
73	童年河	赵丽宏
74	黑豆里的母亲	安武林
75	小灵通漫游未来	叶永烈
76	苔花如米小，也学牡丹开	桂文亚

联系电话：027-87679354　87679949